X 字母會

未知

L'abécédaire de la littérature

X comme X

目次

L'abécédaire de la littérature: X comme X

X如同「未知」

楊凱麟

未知

L'abécédaire de la littérature
X comme X

小說創造差異（字母D），沒有路徑可循亦無從類比，因為每一部小說都裹纏著另類於既定想像、知識與感覺的「事物＝X」，因此差異。這並不是經由比較得來的結果，而是未知、不可預測與不可思考本身即差異（字母H）。純粹的X，從不乖乖在指定位置也不依規矩行事。文學破壞圍籬且劈開腦袋，以便重新引入「事物＝X」。X不是任何已知與教條，它只屬於「缺失位子」之物（沒有位子就是它的位子）。

事物＝X？一個大叉，任何事物皆不是皆不準且皆挫敗，但也任一事物皆是皆行（字母Q）；不是所有事物都是X，但X無所不在。X同時比最遙遠更遠，也比最迫近更近，閃現在比可連續思考時間最小值更小的時間中，也續存在比可連續思考時間最大值更大的綿延裡，或者，X是在最小值中塞入最大值（字母P）、在不可能的鄰近中誕生（字母F）、在瞬間中塞擠無限制的過去與未來（字母T）、所看之物非所說之物或反之（字母S）……，如同波赫士所虛構的中國百科全書《天朝仁學廣覽》，「屬於皇帝的」、「剛打破水罐的」、「騷動如瘋子的」與「遠看如蒼蠅的」毗鄰並置且重新對一切事物分類，事物「與」事物既不再能依循形態也不憑藉功能被錯落置於分類表格中，最遙遠與最迫近、最大值與最小值、可見與不可見、清明與錯亂、既是又不是又是……「故事＝X」、「文法構句＝X」、「父親＝X」、「童年＝X」、「包法利夫人＝X」或「馬康多＝X」。X無所不在也何處都不在，總是隱藏與移動，從來不是固著與不變的，小說超越尺度與界限，是X的游牧分配與安那其動員（字母N）。

創造一個全新的「光線體制」或「語言體制」，一個可視性與可述性的殘酷劇場，使可視與不可視、可述與不可述組成一個重層疊套的布置。不是為了「在場者」，而是缺席、不在與空缺成為唯一的「在場」，使事物＝X如純粹事件般誕生（字母E）。

瑪德蓮蛋糕並不是因為風味獨特而成為著名的文學物件（如同白鯨並不只是好萊塢式的巨大與殺人機器，變形不只是人與蟲的特效再現（字母K）），而是因為存封了如同事件等級的純粹過去，貢布雷如同「事物＝X」，既不能化約為單純的「已逝的現在」，也不是實際存在於地球表面之物的再現。等於X，不是為了永遠無知與無感，相反的，是為了再強化感覺與強迫思考於自身的界限上，為了最終能激出陌異與創新的意義，引入鮮活的空氣，讓差異再差異化。普魯斯特促使童年＝X，打一個大叉在一切已知與已經歷之物，讓未知重返且擴增宇宙維度，召喚語言誘惑的威力（同時也是「陌異語言」的誘惑），以便穿透時間的重重迷霧，重新感受活生生的童年（字母V）。

對於小說應該問：什麼是這本小說所重新問題化且總是變幻無踪的「事物＝X」？

X 未知

顏忠賢

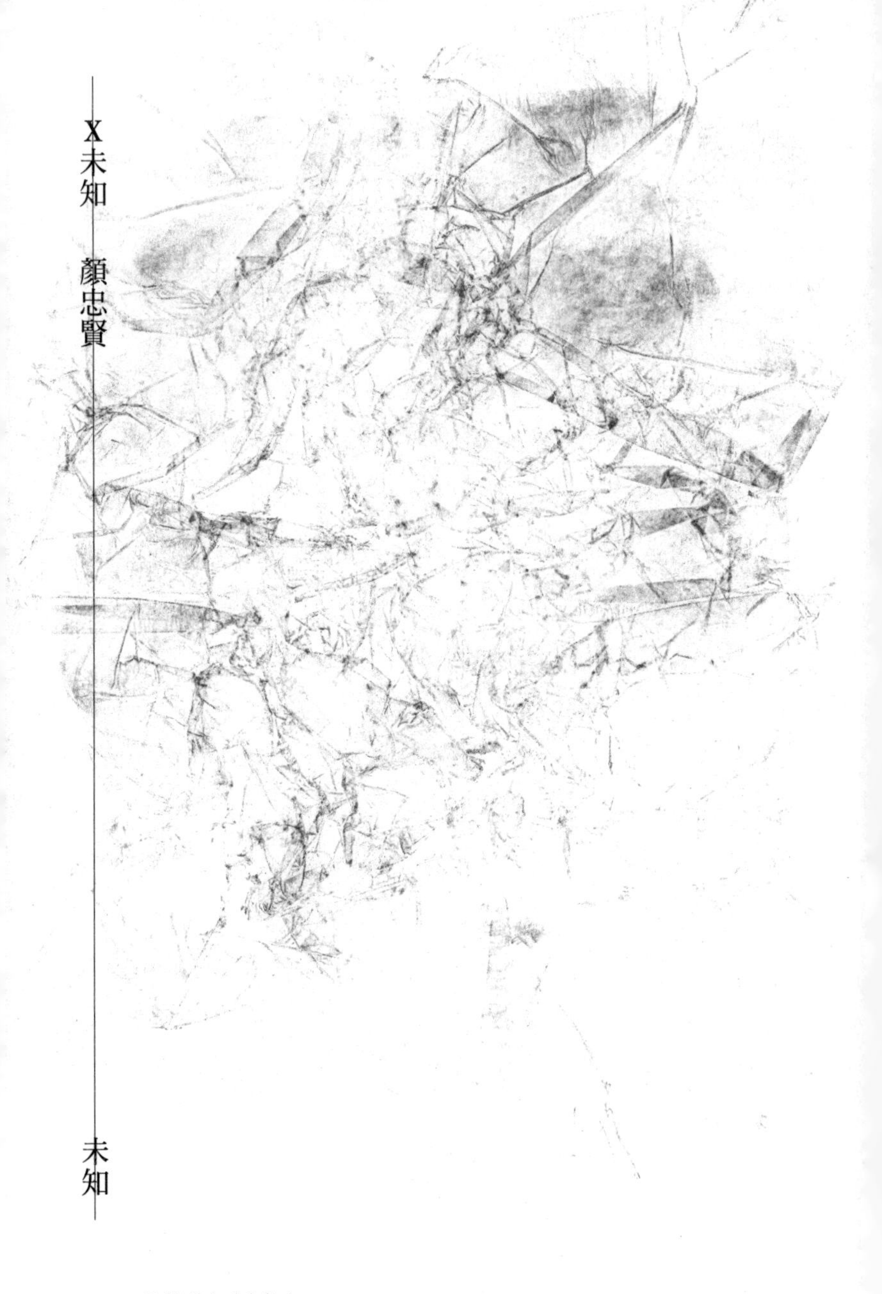

未知

L'abécédaire de la littérature

X comme X

又臺又深又迷幻的神隱少女幻術……X的這小說的女主角童年入成年「月經始終沒來一生被預言有很多桃花的寃親債主糾身……」的荷爾蒙失調式的迷人動人……

女主角一如瑪格麗特．莒哈絲的《情人》或一如吉本芭娜娜的《廚房》曲折離奇的少女思春陷入衰弱又尖銳的人生問題重重困難身世流離顛沛異國或變性父親扭曲的愛情及變異歷史感……的動人，一如荷爾蒙失調所以突然對某種過去迷戀過的老東西的味蕾變得非常不確定的忐忑不安而在天氣熱老大不小的四年級小學女生想要吃點重口味或是特別冰特別辣特別怪的鬼東西……才有感覺不然就沒感覺到甚至什麼都不想吃那種無所事事又老被大人老師威脅糟糕換場啪的一聲就是一片黑的狀態……的迷人。

這篇小說展露無遺的迷迭香般迷離曲折蜿蜒敘事兩端對位：一端是敘事者女主角的「我」陷入月經沒有來的她想成人前的焦慮那種少女面對的那種夾雜著

童年男玩伴曖昧性暗示的阿貴和阿翰的隱隱約約，另一端是某密醫半霉味霧玻璃房間昏昏沉沉舊電風扇喀喀喀聲響中的不知是夢還是現實的涼席薑味中針炙療法扎針愈來愈痛的怪醫法那種混亂又黏膩的景象那般每年七月初七拜床母跟七娘媽廟裡上香參拜祈福過爐感的奇幻……其中更深層的暗示是姨婆泡熱水淹脖子的浴缸發現跟菩薩求來的平安符已然成形弄得溼答答的不安緊張一如祖母在昏暗抄經舊桌的算命「一生很多桃花……還有寃親債主……」心疼地用臺語說她歹命喔……的種種既古老傳說又現實紛歧的現在少女童年記憶像電影剪接換場地動人故事涼意掩埋的祕密感……那是小說淡淡花香潛入假日泳池肌膚碰觸冰涼金屬杆身微微刺痛的充滿詩意盎然生機晃動震幅一如又臺又深又迷幻的神隱少女幻術。

X的小說更後來發現更多男主角出現的精神狀態可怕的問題……逼入另一種迷幻的幻術……

就是可能如果用這兩種小說的可能性的拉扯的美學兩端的反差，就是極端的類型化小說的敘事的類型的曲折離奇情節角色重口味的可能，和極端反小說類型化的喃喃自語的獨白散文化私密的精神狀態無限清淡的蔓延。

可是又很小心在小說隱藏著一種矛盾的兩面的擺盪：某一個題材是特別重口味時的自覺寫法的美學形式的語言調度腔調的抒情，就反而更小心，不然最後寫出來就是通俗小說或魔幻小說長成類型小說改編成偶像劇影集好萊塢電影甚至線上遊戲式的陷阱，對於故事的陷入的程度的那個焦慮，情節，角色的那些類型化的可能，另外一端，另一個反差卻是最不重口味的，就是，有一種逃離的方式，就是完全完全自言自語，引用雞毛蒜皮小事心事重重充滿的自己的神經質所寫出來，甚至有點只像散文，只像故事的前兆，那個文體沒有太明確的故事的可能性，一如只是在喃喃自語……

一如村上春樹《聽風的歌》從頭到尾沒有明顯情節的細節，然後花了很大的力氣在那種暗示形上學存有幻想焦慮的情緒日常生活的情節，花那麼長的時間在寫的喃喃自語……如果真的寫得夠深入，就會進入一個真正的小說最困難的那種因為每一個人的人生都是有限制的……虛構……不得不只好想像杜撰，但是不同會像陷入困境地像套用引用人物故事的有意無意的暗示被規格化，所謂養成的辣法酸法必然都會受前人影子影響，甚至誤入歧途到類型小說化，沒有自己經歷過的心事重重歧異出現而寫出來，往往就會像是引用別人的（即使引用來的也有程度上的好壞，虛構的核心硬蕊到什麼規格……）

一如X這篇小說，更後來的核心，就是涉入男主角嫖妓又和成年墮落的女主角的那妓女虛情假意久了生出了感情……但是不可能寫到像（馬奎斯、海明威、亨利米勒）一樣，像村上龍某一個奇怪的冰冷的部分或是像格林的那種跨國異國的甚至是寫到莫言〈神嫖〉那樣，某一種什麼更神經質的隱喻。

但是如果真的要喃喃自語，也可以更認真寫每一種日常生活糾心最細微的感覺，抱著死去的貓痛哭流涕崩潰邊緣的一如冥界孤魂幽靈樣，X的小說可能只是一篇怪的傳說故事切割後的怪脾氣暴躁不安緊張的散文，可是那一篇覺得女主角跟貓的關係的切割暗示一種承諾，（不一定要一如大小說，像歌德的浮士德從十八歲開始就寫到八十歲，寫了一生致力了數十年的歷史感）但是寫的就是養了一生的貓，但可能都過每十年寫某一次某一個和貓一生糾心充斥著的奇怪的心事……

X這小說也涉入了很奇怪的韓國恐怖片或泰國恐怖片那種不安，可能那真是X那種自己小時候某一段曾經的和他祖母去的鬼地方所看到的什麼，所以在這裡我會覺得，就都其實蠻喃喃自語的，至少X他那個喃喃自語做為前提，X小時候始終戀母又懼母地在那邊和媽媽勾心鬥角的每天奇怪的那種悻悻然……就是X這一篇小說都在他這個年紀第一次寫或是寫的時間不長，會有一些技術上的或是可能的剛開始的沒有把握，可是我覺得這個部分X是非常顯然地有破洞，X的陷入類型化不是寫非常的科幻小說混入什麼驚悚小說加愛情小說的那種好像很懂又不懂，就是兩端都是對於真實世界的對立到就是大亨小傳式的那種臺北的大亨臺灣的大亨那種奇怪的進入和恐慌，其實某個部分涉入那種感覺真的很可憐又可笑的同情最後那個妓女自殺，其實這種題材很難寫，說真的非常難寫，因為它太類型化到雖然有一點點太不安可是我都覺得那部分至少還真實感稍微強一點，可都是比較緩慢或是比較不確定的事，很慢就是至少他沒有太快的可能一開始只是在講一些心事或是妓女講的小時候她的女人身體那種某一個被很怪異的老男人意外地愛撫性侵，然後涉入還講不清楚的某一個敗落的他家裡的複雜的性焦慮，可是那個部分就是因為太尖銳了，所以不能寫得那麼快，其實X也很想寫成福爾摩斯式懸疑推理小說，可就是覺得進入倒數時刻的來臨因為時間的不夠長或是味蕾不夠犀利，很快就想去借別人某一種經驗趨勢的可能，結構的，口味稍微重一點的調味料的想法，那個部分就會顯得很有意思一如張愛玲就是從頭到尾在寫，可是她當然不是用這種語言，她就是在寫低頭……她對真實現實世界的某一個勢力的講究的張望怯步可是她又上不了場，進不了城，或許X的這小說太早來必然是一種很大的賭注，就像太早談戀愛一樣，要露一手的部分，就是要把自己血肉模糊的心拿出來給人家看，X可能只是每天寫日記，一直碎碎念，然後寫心事或是什麼病，什麼奇怪的麻煩，不用拿出來之前你的焦慮都不會像我剛剛講的那麼明顯的尖銳，你可能最後寫出來像地下室手記那樣也很好，或許像卡夫卡那種寫的某一些怪怪的某一天早晨醒來你變成像蟲一類的鬼東西，自己也不知道叫什麼蟲的那種蟲……

X下手是有光的，是會飛的，可是就是比較沒有耐心，因為X對於進入一個真實世界的焦慮不安，其實知道自己一輩子都陷入這種事就根本談都不想談這個事，一如變成賈樟柯嗎，就是可能談出那種最恐怖的在現場最後暴亂掉的那種事發生的恐怖……那種小說敘事晃動的焦慮。X這篇一開始女主角就一如有一種很奇怪的奇幻影展般各種冷門的怪異的奇怪的導演涉入題材是兩個天真可愛的女學生然後彼此在講學校很瑣碎很普通的那種變調變態恐怖到處理成好像富江，就是女生本來是要好到手牽手尿尿的，因為她喜歡的一個男生喜歡上她的女友，就殺了她。就是他們的語言都怪異到那種甚至有人拍成是最近那一部魔女席瑪北歐奇幻影展的片，或是一種一個女生在理解她的超能力在真實世界所要付出代價的痛苦，她意識到她要面對這個世界的困難，女主角一如神隱少女的故事，就是出事的爸媽使她被賣掉，大人的缺陷或問題，讓這個女兒承擔，那就變得不同，被賣掉這件事就變得不是那麼理所當然的某一種不幸的焦慮。女主角童年回憶承認她自己前世和今世都就是貓的這件事，好像是一種悲劇裡的事還竟然可以寫得更淡到類似像最後在廚房裡面，變成人妖的爸爸，變成了媽媽，那個部分可以更大的，父母本來很疼的一個小女兒，一如貓理解自己人生的很私密的喃喃自語般地緩慢地拉的幅度會更大，角色更複雜更內心戲的某一種奇怪的所有的少女都有超能力的，超能力不一定是殺人，神隱少女般的那種精神狀態的一種迷人的部分，這部分其實我是拿來相對太大的敘事的框架的那種麻煩或是以女主角為前提的被侵犯的那個曖昧度怎麼去拿捏光影的效果。

X的這小說中的男主角就一如大衛林區早年還沒有正式拍電影之前，很長一段時間都在解剖貓或解剖怪動物，拍他解剖動物肉身殘破不堪的種種細節，很變態的那種蟲、青蛙、貓、狗頭那種，就很殘忍，像變態殺人狂，可他不是真正要變成那樣，他最有名的就是他在解剖的電影橡皮頭中有一個怪人他每天看到怪物在冰箱裡被他解剖的東西都一直活過來的那種超現實魔幻……X的小說中的女主角真的是迷貓到就真的貓就是她的女兒，她的女友，她的娘，甚至就是她……或許應該變成是科幻小說或變成恐怖片，可是貓在切換的時候，我都覺得貓的隱喻蒙太奇到比較像是一個小說的前身，暗示女主角最後可能有鬼東西從肉身會出來，雖然可能只是在唱歌的什麼，或者說希望男主角下輩子不要再遇到她這樣的貓，希望下輩子他可以當她養的貓，就是你要不要從你變成她的貓開始寫起，就是這個部分切換的那個可能性《我是貓》式的突然被切割理解的同情。

女主角一如莒哈絲《情人》的怪戀情，她在裡面跟的那個老男人一生流離不免陷入異國反差過度成怪異內心戲的波折難度，就是X那種小說要升空的某一個可能的切換的部分，突然出事到他還是停留在某地方的兩難，因為有一種就會突然變成像晃動的比較厲害，因為他的自覺可能還沒有那麼地尖銳，一如女主角在跟貓的那種想像入迷的貓是非常可怕的史前怪物，可能是一個詛咒，是一個上師或心理醫生什麼的暗示。一如山田詠美，一如香水，看他怎麼殺女人，可以更迷幻，嫖妓變成像談戀愛了，他好像變成了新時代的可能真的一開始就變成像伍迪艾倫的那種更尖酸刻薄更挖苦，那個挖苦法動員的某一個怪異的你嫖妓的某個部分，都會有一種奇怪的辣妹出來那種奇怪的部分，《情遇巴塞隆納》裡女主角的那個神經病，甚至就是《生命中不能承受之輕》的特麗莎，只要她一出來，那個男主角就毀滅……到一如在面對生命中不可承受之輕。

讀X的小說，讓我始終有一種精神性的挫敗，最近正在整理和被我內心當入室門徒的學生們（不如為何近年來竟然大多是女學生……所以心情上的某種瞬間還真的有點像個別病例般談話時往往不免變得很矛盾。一方面想要更親密或粗淺到只像是哄小孩式的讓她們可以在學習進入成人世界的挫折中稍微安心一點的撫慰……但是，另一方面完全相反地又想要更深入更抽象地灌入某種哲學性的更艱難曲折的近乎不可能的幸福形上學……雖然不免下注到更尖銳更偷渡的在彼此心智更深層的勾心鬥角。

但是，愈深入就愈挫敗，不只是更後來的她們對我的課或人的太過自閉尖銳艱難……而充滿猜忌厭倦抵抗地愈來愈明顯……也更因為，我愈來愈發現她們對這個世界的期望和失望，對於未來的相信和懷疑，對於她們自己的理解和誤解……都和我差異極大，而且不免愈深入瞭解就歧見愈深……

同時的另一種更複雜也更傷害性的矛盾是……因為令我想起了這幾年幾個我的課之外的精神狀態或感情狀態失控而出過事卻找上我的這些女學生們的無限糾纏，一如我的祕室裡的故障女門徒命題的縮影，面對傷害與被傷害，我的保護與抵抗的必然無法完成……必然會像是一種不可能預防也不可能善後的災情……災難般的崩塌之後的餘緒及其忐忑不安的轟炸至今未曾完全消逝，這種狀態使我極度不安，但是仍不得不始終冒著被指控無力的我最後遺棄她們的內疚，或是也冒著某種為了照顧憂鬱症病人而也被波及近乎傳染地陷入雷同憂鬱症的後遺徵候……的活該。更不安也更沒自信地面對更後來的女門徒們……

因為，對我而言，或許，X的小說之中，沒有人是無辜的……沒有人不想強烈辯解及其必然因辨識到下場想來會陷入兩敗俱傷後只好認輸的末端空洞感。因此，對於我這種其實已然完全不相信的人而去投射一種可能的想像，就必然在X牽強想像出來的……小說中女主角對愛的陷入般地神入、衷心、同情、感動……而因之渲染出來對自己有意無意所打開的恐懼或期待、陪伴或包容，進入了對愛的永遠好感又陌生所引發充滿耐心認識的認真，而始終老出現了像是童話或寓言才會出現的傾信。最後，即使愛的可能變得不可能了也不反悔，深信自己即使是荒唐或出錯地進入了，就不免也甘心情願地付出了必然的瞭解與諒解。

但是，每年如薛西弗斯神話般一再重來的真實往往太過逼真，永遠仍然還是如此太過尖銳也太過理所當然的猜忌、殘酷……對過去被故障女學生們傷太深過的我而言，始終還是太痛苦了……因為，這些真實的必然相互誤解紛歧混亂地相互傷害……而且傷害後還仍然相信顯得想當然爾地近乎天真……好可笑地單薄。這些恍若最深刻的感情或忠貞太昂貴也太奢侈到……難以呵護。

尤其這幾年我自己因為自己的小說伏潛太深的困難重重，正是狀態的谷底，泥菩薩過江的泥濘感，或是厄夜叢林草木皆兵的幽微黯黑黏身……自己都難以脫離險惡更不可能去挽救更多……

在某些小說太深淵的流沙洞口末端，我甚至已然放棄了我自己。近乎是自毀式地隱藏，飄浮於幻象的另一層層投影之中，困頓於無法了此殘生的餘生……更何況是別人。對她們顯得太艱難……但是，也還是出現了充滿意外……的後來偶而她們反身照顧我的某些喚回，某些補償……冒險到沒預期的我彷彿無意中打開了本不該發現的什麼……但是，我也很懷疑，她們長大了，到了未來，到了沒有我的未來了……還是仍然會持續地活下來。

只是，她們是怎麼活在沒有我的未來的？（或許沒有我反而活得更好點……）其實我老是感覺到我的早就已經消失了，長大了的女學生她們和我的關係，必然就將稀釋而單薄到近乎只剩不滿，不妥協，不安頓……

一如至今，種種現狀早已就是不知哪裡不對勁的忐忑不安，或許，也就只是投射了我的啟動意願消失之後的殘念更殘忍了，因為其實我更深入在想的是……或許後來的她們的愛或無愛繁殖的種種狀況的艱難。

X的小說內的女主角想像的喃喃自語……一如我的女學生們小說外的愛或無愛繁殖的可能，只不過是一種太艱難的幻覺，或許就像下太大的雨，或像太冷的天……一變天早就消失到過了也就完全想不起來的某種幻覺太艱難的虛幻……

X 未知

黃崇凱

未知

~~L'abécédaire de la littérature~~
~~X comme X~~

Ze從畢加島歸來，第一個想見的人是瑪麗安。深夜的班機降落在臺北，Ze睜著疲憊腥紅的眼，搭上排班計程車，直直前往瑪麗安的住處。Ze仍記得那個深夜，陪瑪麗安牽著半舊的腳踏車，橫越半個校園，四處躺著被雨打落的杜鵑花瓣，經過那些以掉落花瓣排好的告白字樣，Ze還想再說點什麼。瑪麗安在女生宿舍門口前輕啄他的左臉頰。他才想到，剛剛過去的冬天，他們無所事事地窩在潮溼的房間裡，讀書以及做愛。這個吻是一顆沒有重量的句號。

Ze下了車，拎著行李袋，記憶中的幽黑窄巷，如今是一幢住商混合大樓，樓面裝飾燈每隔幾秒鐘變換俗麗顏色，一樓店面是發亮的便利超商、兀自響著單調音效的夾娃娃機和打烊了的早餐店。過去二十年，他幾乎和這裡的親友、同窗斷了聯繫，就待在畢加島的臺北辦事處，經手一張張文件、卷宗和活動企畫。當初離開，他就想像著有如母親離開他一樣，再沒有回返的可能。那時候Ze還分不清楚，遠行和死亡雖然相似，到底不是同一件事。他偶爾想起最後與母親離別的畫面，隱隱懷疑那是否真實，抑或是日後雕琢記憶的產物。他記得是這樣的：一個悠緩的午後，濃蔭覆蓋長巷，他在老家巷口，同鄰家女孩玩，他們認真地在水溝旁扮家家酒，端著碗拿鐵湯匙挖取溝底爛土，假裝添稀飯。母親走過他們身旁，有股茉莉清香襲來，告訴他要去買些東西。母親再也沒回來。他後來覺得自己就像一株無意間被母親植下的樹，某個部分的意識被固定在一小塊土壤裡，隨著蔓延的根鬚，抓住周圍能夠使自己活下去的養分，等待著母親歸來，驗收植栽。

漫長的等待中，Ze逐漸忘記等待的理由，甚至成為別人的等待。一開始是為了逃離嚴厲寡言的多桑，也為了抵達那些成長時光中持續誘引他的時髦文明。Ze初到畢加島的時候，曾在首都市區跟著一名氣質雅致的老詩人抄書，有時也作陪到藏滿世界文物的博物館悠轉，像住在一幅名為「畫前解說的老師與學生」的畫布。Ze的比較文學博士學位愈讀愈長，平時則在辦事處工讀，幫忙策劃活動、招待來賓、聯繫大小事項。Ze的獎學金到期後，正巧辦事處的專員大姊即將退休返國，他就以約聘編制，一年一年待了下來。

在畢加島，Ze時常被提醒自己是外人。例如他在一票流亡者聚會後，聽著幾種語言的國際歌，伴隨酒氣，迴盪在市政大廈前的廣場，他就會想起此處的殖民地簡史，看著那些搖搖晃晃的人，想起他們平日嚴肅談論著霸權和革命。那裡先來後到的流亡者聽說他來自一個獨裁者之島，熱心拉攏介紹誰誰誰，滿足他們虛構的國際同盟組織。Ze一再強調自己不是流亡，只不過是換個地方生活，總有人露出「我懂」的神情，接著談起革命者不該訴諸悲情，也不應頂著流亡名號招搖撞騙。Ze漸漸不再堅持，學會當這些失敗的溫和改革者、激情革命者的聽眾。安塞斯卡人成了畢加島上最新的流亡者時，他幾乎可以預見他們的後續。安塞斯卡復興陣線的領袖，時常流露哀戚神情，兩隻大大的黑眼珠溼潤得隨時會掉淚。她常對Ze說，朋友，你看著吧，我們一定會回去。Ze太清楚那些流亡者怎麼混飯吃。你要有政府裡的朋友，而這朋友要能介紹你更多朋友來消費一個幻夢。你要時常聚餐，要能解讀情勢，時不時拋出一些懸疑的可能，決定何時當個賭徒。更重要的，你要能隨時表演失去家國的哀痛、失去身分的悲傷以及失去未來的絕望。並且確切知道這三種的層次細微差異，大多數的流亡者會混淆。Ze看著她深邃的雙眼，彼此舉杯，努力想出各種乾杯的名義。她在自己國家曾是激烈的種族主義者與愛國者，在這裡，她只能當個沉默溫吞的新移民。因為她的國家消失了。她手上持有的護照、貨幣和身分證明，全部隨著安塞斯卡的消失而失去效用。她得扮演好一個政治流亡者的領袖角色，才能讓身邊那一小撮流亡者有機會在這個島嶼安住下來，兼職另一個新人生。

隔了一陣時日，Ze某晚下班隨便找了家寥落的餐館吃飯，點完餐，正在懊悔不該坐下來的時刻，被他簡稱為安的安塞斯卡流亡者坐了下來。Ze怎麼不懂，所有的流亡者都會熱切透過吞食咀嚼，反芻那些排泄不了的鄉愁。他們以為自己在邊吃邊緬懷家鄉，其實是愈吃愈填補不了破洞。安點了菸，呼出一口，輕輕搧走煙霧，她更為削瘦的臉龐浮現出來。十秒的靜默。她說，好久不見。嗯好久不見，他故作轉頭瞧瞧四周，什麼時候開的。今天滿三個月了。十二秒的靜默。不過這裡人似乎不太習慣我們的口味，很多客人抱怨太辣、太鹹、太油膩。我們還在調整口味。十五秒的靜默。安招手要了瓶啤酒，給自己和Ze各斟了一杯，泡沫稀疏。他們舉杯。安一飲而盡，笑著對他說，不好喝對吧。我不知道你家鄉的啤酒怎樣，但肯定不像我們家鄉運來的這麼澀這麼沒勁。有客人埋怨說這根本是放溫才裝瓶的啤酒。說起來，啤酒這種東西就跟牛奶一樣，講究新鮮、在地，大費周章從老家買來這一大堆爛啤酒，其實就是賣給自己人喝。我們那老五啊，你記得吧，左耳被子彈轟得只剩半朵那個有沒有，他說我們那爛國家沒了，這爛啤酒還繼續活下來，繼續賣給家鄉沒喝過其他地方啤酒的死老百姓，連名字都沒改。安的眼睛布滿血絲，眼圈瘀黑，Ze知道她還在跟現實拉鋸，還在醒著做夢。這是流亡症候群的早期徵候，不願妥協，還在以幻想餵養生活，想著遲早有天要回去。Ze嘆了口氣，扒完盤中安塞斯卡特色菜餚（混合墨西哥辣椒、青蔥、蒜末、玉米糊和蒸蛋佐濃稠的酸甜醬汁），起身結帳，告退回家。

餐館維持不到一年頂讓給韓式烤肉店，安留在店裡做外場服務生，準備烤

盤、換炭火、備料，日日對著進門顧客大聲喊「환영합니다」。安的族人四散在畢加島各地角落，能賣勞力的就去鋪機場跑道、蓋樓房、上船當雜工，語言粗通的就在安養機構當看護，或者在便利商店做大夜班，在餐廳做廚房幫手，在旅館、商場做計時清潔工。Ze在烤肉店外面，遠遠看著安招呼客人，似乎又更瘦了一點。Ze只能以放棄博士學位來類比放棄返鄉革命。就如預見拿到學位後得展開一連串求職準備，他想，革命成功後才是真正的考驗。那麼一直處在攻讀途中，好比一直在糾眾組織，面向那個目的地，就會有一直在前進的幻覺。越過幾條街，Ze照例在中餐館外帶一份宮保雞丁簡餐前往老詩人的住處。有時他自己不吃，拎著便當和可樂，幫老詩人整理一些零散稿件，整齊轉謄到六百字稿紙上，順手幫忙打掃被書刊淹沒的房間。沒事做，就伴著老詩人播放的背景音樂，安靜待在餐桌前讀書。這天他翻到老詩人關於薔薇學派的記述，追懷當年他們如何就一朵薔薇來議論符號和物質之間的距離。彼時還年輕的詩人質問：「為了向人們肯定一朵薔薇幻影的存在，我們必要援引古代、援引象徵甚

至辯論一朵薔薇的存在？」詩人說，沒有真實也沒有現實，一切唯有感覺。只有你的感覺和感覺到什麼，除此之外，什麼都不存在。一旦你的感覺消失，那個虛擬的符號、各種元素組成的物質也都消失。儘管他很想知道，詩人是如何憑著感覺的指引，穿越封鎖國界，來到畢加島。說來奇怪，這個被Ze稱為詩人的男子，早在二十幾歲以後就不寫詩了。詩人不寫詩的時間遠遠超過密集寫詩那幾年，這樣還可以稱為詩人嗎？詩人停止寫詩後，過著普通中學國文教師的日子，結婚生子，直到四十五歲生日，猛然覺醒似的割絕過往，到了畢加島，重新銜接那個二十幾歲寫詩的自己。他覺得詩人似乎藉著幻覺在清洗前半生的記憶，假裝那個二十幾歲的詩人沒有過後來二十餘年的平庸生活，而是在那盛開的青年時期就到畢加島闖蕩，試著以另一種語言寫詩，變成另一個詩人。Ze從最初幾次與老詩人的往來就發現，其實詩人的語言只夠平常購物點餐，就連看醫生都不夠用，遑論寫作。所有曾經與老詩人往來的人都疏遠了，受不了他的幻想，受不了他的嘮叨，受不了他的裝窮。Ze神奇地覺得，不寫詩的老詩人可能是他見過最像詩人的人。或許這與詩人一向的信念有關：感覺自己是個詩人，比起要以不斷產出詩句來證明自身的詩人更為純粹。

Ze讀過詩人年輕時候的兩本詩集，習慣遠距上溯淵遠流長的大歷史、大傳統，嫁接西方神話、史詩典故，像一名殷切的焊接工人，隨手鋪排眼前的棧道，卻不曉得造出的路要通往何方。詩人尚未出國前，先派遣虛構字句探勘世界，彷彿他已經去過巴塞隆納、格拉那達、巴拿馬、蘇格蘭、馬賽和中國許多次。那自然包括畢加島，也包括淤淺的歷史河道，以及想像的君父的城邦。Ze推想，正是深陷在封閉的島嶼，才更加想望飄蕩的行旅吧。詩人以兩本詩集的冒險，澆灌所有激越的情思在字詞裡，交換往後二十餘年的靜謐安穩。Ze聽過一些詩人抵達畢加島後的傳聞。有一則故事說，詩人曾被斷續的昏厥症狀和思覺失調困擾，待過精神病院一段時日。他覺得自己被關在一個紅色燈光的房間，被拷問、栽贓，寫下無數檢查，做了無數交待。沒人能確定真假，只知道他確實消失過一段時間。若干年後，畢加島政府被揭露，確實曾以精神病院掩飾特務機關，這也讓詩人的故事散發著難辨的曖昧。Ze從不主動跟詩人求證這些傳言，只是默默陪在他身旁，當作照顧家族長輩。但其實Ze從沒真正照顧過哪個家族長輩，就連他一生嚴肅如青銅器飾的多桑過世，他都沒回去奔喪。長Ze十五歲的大哥寫信告訴他，請安心繼續在畢加島生活，父親走得突然，應當沒受什麼折磨，就算你回來也是趕不上見最後一面了。不要拘泥形式。放心吧。Ze讀完信，才意識自己已成了無父無母的孤兒。

再次遇見安，是辦事處舉辦經貿論壇後恢復場地的整理時間。纖瘦的安多長了一些肉，拉下口罩跟交接清潔事項的Ze打招呼。後來安跟Ze說，她那天就有強烈的預感會遇到他，但不知道見面可以說什麼。安說，安塞斯卡復興陣線算是解散了，每個成員都在為自身的生存奮戰，誰也沒力氣空想如何恢復一個消逝的國家。他們就連一天工作後，都沒法精確數算休假的或然率，怎麼有辦法完成復興大業呢。她笑了笑，早知道就當個無政府主義者。是夜，安跟著Ze回家，像隻終於找到主人收養的流浪貓，將僅剩的溫柔敞開。安嚶嚶哭泣，訴說著她明明知道，兩個點之間不只有直線，可以迂迴、後退、再前進。可她真的累了。這裡的安塞斯卡人漸漸融入畢加島，遠方曾有的安塞斯卡人全都換成別種名稱，沒人再提起，她害怕自己慢慢變得透明，終至消散。Ze想不到任何安慰的字眼，只是靜靜摟著安，哄著孩子睡覺的母親似的，輕拍安的背。安崩然睡去，Ze因著如此靠近的體溫，第一次想念起瑪麗安。

在整理老詩人的遺物時，Ze背靠門板，看向右邊的簡易廚房流理臺和餐桌，再看往左側浴廁、臥房。詩人的藏書就在靠對外窗的牆邊書架，多年積累的雜亂手稿放滿桌面和抽屜。大部分是不成篇的句子和札記，大部分是抄錄哪本書中的段落速記，一些塗鴉符號，一些零錢，一疊斑駁零落的筆記本。詩人生前似乎有意縮減家當，持續丟棄不必要的物品，彷彿花了一輩子刪節早年少作，總算在大量引用他人之間，刪掉了自身。Ze接收包括兩本詩集在內的詩人作品，不過都是他幫忙騰抄過的版本，原版的手稿全部不知去向。他翻閱那些稿件，看著看著會懷疑起這些剪貼自詩人早年詩文的內容，到底在訴說什麼。

不知情的人翻讀這份手稿，大概只會覺得這是哪個狂熱讀者在編輯、拼貼詩人的詩文截句。Ze也懷疑起自己多年來照看的或許是個幽靈。不知不覺放棄了的博士學位，不知不覺熟練的辦事處雜務，跟著他的年歲延伸。沒有詩人住處可去了，沒有隨時放在心裡想著的人了，往往會召喚出回憶。Ze於是認真地回想瑪麗安，像在拼一萬片拼圖那般，一小塊一小塊地細細想。於是想起瑪麗安之所以自稱瑪麗安，就是因為那兩本詩集。她要Ze一起落實全部提及瑪麗安的詩篇，讓自己化身成紙頁上的瑪麗安，享用眾人的傳頌。Ze沒忘記，那個瘋癲的瑪麗安，最終要成為一個年輕、陌生而美麗的母親，還要在春天投水遇救，住進市立醫院一二九室。Ze徹夜守在病房床邊，並不明白這個瘋狂女子正在實踐一個後來才被命名的藝術創作計畫。Ze彼時無法明白自己也是那計畫的一部分：因為必得要有人不斷呼喊瑪麗安，必得要有人到遠方去完成對她的思念。於是重讀詩篇，Ze才逐漸曉得了當年瑪麗安何以給他草原般遼闊的愛，又何以在他眼前焚燒殆盡。瑪麗安甚至預言了他的歸來。

返國前，Ze約了安到家裡晚餐。安帶著蔬食材料，套上自備圍裙，在廚房燒出一桌安塞斯卡特色料理。這是Ze第二次吃到玉米糊混蒸蛋，濃稠醬汁的酸甜、油膩和重口味，就像眼前這個女人這些年來的生活底色。安在畢加島痛苦地瓦解，又痛苦地重組，像一塊最初適應不良的移植土壤，終究隨著微生物、化學元素和水分慢慢平衡。安說，這可能是最後一次和你舉杯了，也許你再回到這裡，我已經回去改名的家鄉，來，為了祖國與和平。Ze碰杯，囁嚅回答，為了愛。他們把自己喝成互補的慾望。

Ze在久違的臺北城裡，放映著電影預告和新聞快報的西門町街口顯示屏幕，最後一次看見安的消息。安塞斯卡復興陣線遭世人遺忘多年後，潛返新共和國發動炸彈攻擊。重複播放的畫面裡，大片馬賽克遮蔽了血腥色塊，讓Ze聯想起安塞斯卡的料理配色。據說復興陣線成員全被政府軍擊斃了。Ze繼續前往約好的咖啡屋，即將與久違的瑪麗安見面。有個空洞在一匙一匙挖著Ze。所有的離去與歸返到底是為了什麼。而人又為了什麼出生後又死去。在生死兩個點之間，前進、迂迴、後退、躲避，反反覆覆再前進，在時光中試圖摩挲出一點可能的意義。在風中獨立思索的都已化成風。

（本篇援引諸多詞句、意象均來自楊澤的兩本詩集《薔薇學派的誕生》與《彷彿在君父的城邦》。特此說明。）

X 未知

童偉格

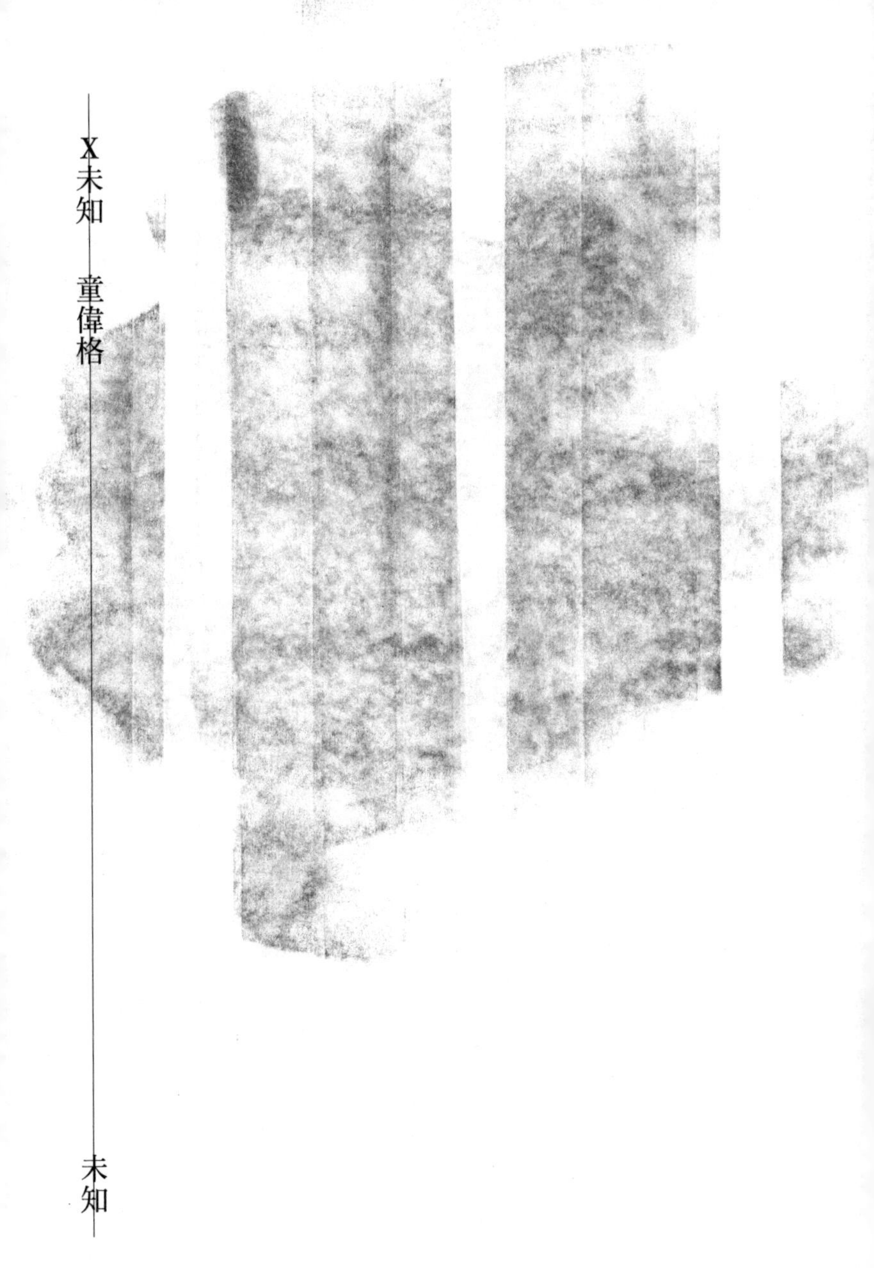

未知

一九九五年的夏天，炙熱且綿長，失業三年後，你堂叔墜亡於大城的建築工地。你，交了大專聯考最後一份試卷，記得是「地理科」，自考場疏散，沿國家紀念堂牆根，轉街過巷，回去出租宿舍。路不算長，但已交還全部知識的你，對那片寄居三年的街區，再次感到陌異。沿途，可見蒲葵頂著亂髮，在風裡森森招展；每走幾步，光影裡，人就少了些。你獨自走到宿舍巷口，雜貨店門前，又看到那架公用電話，與那具會跑跳歌唱的娃娃車。那兩者近鄰相置，總給你奇怪的聯想。想像，有一個縮成幼兒般大小的老頭，在月大如天的靜夜裡，走到此處，投幣，按鈕，用銀白色的手指，喚醒電話與車，為遠方什麼人，點唱一曲米老鼠唱的兒歌。

兒時山村，某些深夜，母親也會打電話，喚醒隔鄰的堂叔，和他的車。那必定是因你白天玩野了，未留心冷熱，是以半夜發高燒。堂叔開來快散架的二手車，載堂嬸與你們，一路急滾下山。到了小鎮上，就見不分晴雨，騎樓裡，有燈低頭照看門鈴。那是醫師家。堂嬸下車，前去揪響鈴。鈴一響，整幢屋窸窣動起來：開鐵門，擺櫃檯，醫師一身白燦走下樓。你愛那番熱鬧，雖然夜半病得千里跋涉，臉上是該掛點歉意才是。你覺得堂嬸也愛，她無事跟車，抖擻精神，刻正見隙插花，順便領醫囑；像是一路隨想起的痛癢，一見醫師面，一聊開來，一時全好了。

你恍惚又睡去，直到天將亮，你聽見母親悄悄起身，去煮早飯，再返回，喚醒你。你洗臉，換制服，來到桌前，邊嚼吞飯食，邊看她為你裝便當，裝得結結實實，像等下要遣你去種田；但其實，母親只是找了關係，讓你寄戶口，跨區去港埠讀國中。你思索母親的特異功能：每天無分冬夏天色，她不必鬧鐘，就總能在固定時刻醒來；彷彿跟她一比，地球自然永遠地歪。你背書包出門，站村口馬路邊，等從山村發往港埠的頭班車。你看客運匡噹駛近，看駕駛座上，仍坐著你堂叔——他的正職是客運司機。你搭上客運，像出發遠行，又像只是潛入同場顛簸不止的病眠中。

你醒睡著，直到舊曆年後，國中最後學期。那像寒假的延長：所有課程，皆已提前教授完畢，剩餘時光，每天就是去教室領考卷，從早寫到晚。書包裡只裝了便當和筆袋，你上課像郊遊；回程，像去一個以特定元素，不特定重組的世界裡見歷。你走到港埠，站陸橋上眺望，感覺身後，那片丘陵仍然湧動，這才直沉入海，造成曲折深港灣。港埠腹地狹小，臨海，唯一四線道盡頭，由火車站、客運總站與關稅總局挨擠合圍，形成理論上的廣場；但其實，那更像是漁汛洄游的潮池。傍晚，遍海人潮匯聚，等候疏散，具現港埠自來予人的印象：戰亂，動盪，熱氣與煤塵，散逸在細緩的冷雨底。

眺望那一席海角，看人潮生猛，你覺得，那好像才是你每日真切的學習。那亦是你每日重複的回程路：以此起始，你擠上一具超載舊客運，陪它貼海、穿街，沿歧出單行道合指的唯一去向，艱難上爬，一站一站，卸下疲累的乘客。當它終於穿出港埠，無論冬夏，天色皆早暗去了。那具客運，就以冷暖皆同的空疏，嗚嗚哀鳴，繞盡山區彎道，迂迴下行，直到終於又見海，重抵有燈低照的小鎮。一切在此暫息。直到它終於下定決心，再度溯河上行，勾連所有隱密聚落時，你意識到，自己再次靠近家屋了。

那時，你才清醒過來。有時，你一抬頭，就看見仍是那同一位堂叔，手握方向盤，駕動包藏你的那具空艙。你感覺山海都已撤去，道路浮成光網，像星際航道。你想像在輿圖上，每道微差都代表數光年差距；每處彎折，都懷抱著已祕密死滅的寂星。如此，你完全回神，像夜行動物，醒進你常習的幽暗光度裡。

那幽暗光度，彷彿才是無盡時日的同一尾聲。也於是，一九九五年那日，在雜貨店前，當你轉頭四望，看見半分夕陽的紅光，從巷底上照，勻散公寓間隙、停車場，遠方高架道路與河堤伊時，你感覺自己，只是返回了時日之初。你想起昨日，同層宿舍的朋友們，已皆都考完了。為了唯一的文組生、尚有一天試程的你，他們好小心低聲說話，躡手躡腳，輕輕路過你房門如潛行者。那使你感懷，卻過意不去，遂找藉口出門。循固定路線，你去到植物園，在涼椅呆坐一會。涼椅前方，是為新夏重布的荷花池。荷池在粉紅色的夜空下淅瀝著水聲，彷彿，正在化出螢蟲雨蛙。你遂起跑，如三年來常做的那樣——一放學即衝出校門，穿過半個植物園，從另側旋轉門奔出，一路跑到西門町，趕上四點半的那場電影。

散場後，你呆笑著，輕輕哼著歌，一邊回想適才所見，一邊又從原路慢慢轉回。動線上，整座城市仍在自我拆毀，一區一區，圈起的工地圍欄裡，可見一座座山頭般的瓦礫堆。平望而去，圍欄上紅燈曲折蔓延，在夜與煙塵中閃爍如河燈，像正接引王船。像在提醒你，湖與海的過往身世，將是此城一再重返的未來。你重回植物園，重新聽察松鼠穿林，重省林下燈照裡的蟲蟻飛翔；其實，極有可能，過於年輕，因而慣常離場的你，已將個人的地理，失聯於無數個平行宇宙裡了。

記得的自己，總拖曳電影院與城市黃昏的氣息，從後門潛回教室，加入朋友們的晚自習。記得的自己，來自一個離此座城市，離各處你求學之地，皆都不遠不近的尷尬地方。各地，像是彼此即臨的夢。其實，你已十分習慣，每一個求學階段，都要全面換過實境裡的友伴了。但偶爾，在每個週末，當你獨自踩著鐵板與天橋，鏗鏗鏘鏘回返靜默家鄉時，你會好奇，假日裡，還留在宿舍裡的他們，都在做些什麼呢。

記得的自己，大考完畢返回宿舍，開門，看見他們在走廊上，用報紙和膠帶捆成的球棒，打一顆膠帶與報紙捆成的棒球，你立刻拋下書包，加入那個沒有固定規則的老戰局裡。也許，一九九五年的夏天，是自那刻起，才被遲鈍的你給綿長拖曳的。當夏末，自成功嶺新訓回返，發現因離家不遠不近，你不具備和他們一樣，住大學宿舍的資格時，你暫留原地，獨自繼續高中的生活樣態。

那彷彿才是真正的淨空了。是年閏八月，導彈過海，你在全無舊識的舊寄居地裡，並不需要特別自律地正常作息。依課表下樓，等相對之下準時無比的公車，或走長長的路，去上大學。仍一個人讀書，看電影，去習慣的自助餐店吃飯。在一沒有電腦、電視與電話的斗室裡，聽他們留下的收音機，繼續一場規則上完全自已的球賽。那其實並不孤單，對你而言。只除了偶爾，當你抬頭望向窗下，發現工地圍欄，一尺一尺推進你慣看的平房老宅時。喜歡的貓都不得安歇了。城市的重建在曠日持續，倒房為路，起路為房，一片留駐暖陽的好屋頂，壽命短於貓齡。

你且繼續起身離場，走路，從城南到城北，拖曳長夏，到更多陌生街區。你記取了更多街名，其實，那些比實質更穩固些的名字，對你而言，就是一九九五年的全部剩餘了。當時你並不知道，一個人需要更強韌的心，才能涵容更多陌異。只是，那個最熟悉的街角，竟漸漸對你生出一種恐怖。極可能，站在可能性相對稀少的未來，當你回想一九九五年的自己，你將察覺這個自己，悲傷得盲目卻純粹。因為一切傷亡都仍是假想的。因為自己還未真正壞毀什麼，包括時光下游的那個回憶者。

在更多時光歧徑裡，你且繼續夢遊回時日之初，一如更多次遷徙後，你仍去那所大學操場跑步。那所大學，位於城郊面海的坡地上，校園依地形，一路曲折下行，堪稱窄仄，卻已是那更形擁擠的舊街區裡，一片難得的公共空間了。即便是入夜，操場的水銀燈柱都熄了，仍有不少居民前來運動。燈一熄，操場就寬了，主要因為實際跑在跑道上時，你會察覺四周竟比想像的要亮上許多：雲層底的星月，遠方街區的燈海，似乎，想像得到的光源，都悄悄借了一點光給操場，且隨你的腳步與面向，變化著彼此距離。在那裡跑步，很容易令你心生恍惚，忘了計算中的圈數，或一些更悠遠的想法。不過，這或許正是那片操場的好處。

你像在練習，長久地預備有一刻，你將真正起跑，一路沿海，遂行一次終極返鄉，或異地的最後探訪。你不像兩千五百年前的費迪皮迪茲，身負一則必須以命易之的簡訊，得從馬拉松，一路奔回城邦廣場，去布達周知。你只是自己的接訊者，唯能試探的，是肉身布達予你的不確定性；是當它躍過撞牆期，而你又能再次自在呼吸、自由前行時，你明確察知的錯覺——彷彿，就在已逝那瞬，你已將自己生命的畛域，跨得再更寬闊些。

你將跑起，重返慣性離場後，你已極少全程見歷的家鄉白日。你看見光照底，他們一一站妥，如自墳裡鑽出，像正行光合作用。他們笑話你。這使你想起，對了，在你家鄉，「跑」是最怪奇的一件事：地面莊稼與田壟耐不住踩，禁不起人這麼踏。對了對了，這是一片地質軟弱、猶帶火山餘息，且將在五十萬年後，重新隱沒入海的漂移世界。在此地，人的力氣，自然是要維護一切的靜置；除此之外，一切體力耗損，皆是不可解的浪費。

他們播種，令其原地結穗；他們植樹，令其原地生果。勞動以外的時間，他們就靜靜待著不動，默默地，在一個遠比五十萬年更小的時間尺度裡，自己一次次恢復力氣。蹲踞在自家門檻上，或公共涼棚裡，他們一邊吸紙菸，一邊就一罐痠痛藥酒，打摩自己身體。那過程慢慢悠悠，卻並無顧影自憐的氛圍。其實，他們日日打摩過的，比方說「肩頸斜方肌」、「手臂肱二頭肌」，「腿脛比目魚肌」，或其他在人的難得肉身裡，會因直承苦痛，而使人頓悟，覺醒到生之貴重的細緻肌群，他們恐怕一生勞動，都還是無法一一去指名。

他們亦不知道，人類對那些肌群的智識，建基於大體解剖學。同類之死的直接餽贈。他們不理解死亡餽贈的舊知，但他們打摩身體時，很有一種大而化之的古典氣派。那像在自我提醒：特定肌群的痠痛，在他們有生之年，是永無可徹底消解，亦無如此徹底的必要。那種打摩，接近一種均整，像要將每日不斷的勞苦，勻遍、織入全身肌理內，而後，他們重新校準了一種生而為人的平衡感。

然後他們活過來，再去生果或結穗。那個白日，被笑話的你將察覺，那其實才是一場超乎你想像的、路程更其廣遠的馬拉松：他們的人生，或人生裡，那一點也不抽象的肉身體驗之於他們，不外乎，是一段極其漫長的〈變形記〉——他們重複使力的肌群，不符比例地暴大了；他們的胸腹前傾塌陷了；他們變矮變寬了。額頭皺褶，眉眼下滑，齒牙疏開；彷彿所謂「老」，就是一種原地打橫。彷彿在夾帶五十萬年隱沒入海的此地，還一一站妥的他們，亦沉沉緩緩地，令自己成為一株株風剪樹。沉沉緩緩，只是，古典的他們，竟比任何一位身在加速時代的現代人，都更加速老去。

他們活過來，像這顆孤星上的每位正常人，無可如何地，在既證和未知間，將個人現時作為，賦與一點良善寓意。也許因此，無盡苦勞自領其義。也許因那自有意義，苦勞的肉身，成為事關存有的唯一具證。憑此具證，當他們站在一個尋常白日，他們甚至有了視舉世為異境的，一點尊嚴與傲氣。他們將這般帶著微笑，看你跑來，如見兒時，光著腳，追逐瘋狂雨點的你。

你起跑，像一名最怪奇的異鄉人。你想起，因自小習慣打赤腳的緣故，你的腳底板特別厚大，腳背特別高聳，很難買鞋，卻很容易就將鞋給穿壞了。你駕動這雙怪腳，家鄉的直接餽贈，在城市夜火中奔跑。你只盼望，能就此跑進一個力竭的酣眠裡，不再看見低垂在天際，被隱透的夏日辰光，給反襯得那麼明晰的月海。

在月大如天的靜夜裡，你將記得：那時的自己，站在公用電話前，會留心要在開口說話時，將搖晃散亂的自己，收束成起碼的神清智明。是以，能準確投幣，按鈕，準確地，只以牙牙學語的程度，模擬家常的對話。「我去考試了」，「我考完試了」，「我到宿舍了」，「我要回家了」。讓時間的起源知道，你依舊平安。

你依舊平安，卻無法對隔鄰的空缺說明，何以，電話與車的近切相置，會使你回想起他。彷彿不是，當你醒來，在那幽暗寂星裡，你曾又看見那同一位堂叔，正將客運駛離港埠。在郊外，他突然車停路邊，脫掉耳掛式對講機，離開駕駛座，回身，對終於人人皆坐妥的乘客，莊嚴地宣布：現此時開始「罷工」了，請大家下車。

一些近遠散居於荒海岸，或無名山裡的鄉鄰；鎮日在醫院排隊候診的老人；肩扛籮筐，散售收穫的自耕農。你隨他們魚貫落到地面。那名老婦，順天色看客運原路迴轉，空車駛離，疑惑察覺：車沒壞啊。她看看你。你向她說明情況。片刻有頓，她也許決定，最好還是就把情況，當成客運是故障了。她亦不抱怨，攏起家當，與眾人一起走上返家路。

你發現堂叔追跑而來。堂叔亦要走回家。堂叔說，他剛剛將公司的客運藏妥了：就在路邊的細竹叢後，一處三合院落的庭埕上。你知道那三合院落，它被棄置久矣，屋瓦泰半被風掀飛，整排房舍空空蕩蕩，幾乎只剩屋架子；站在庭埕，透過門洞，即能順利上望山巔。堂叔回答老婦提問，對大家，描述一場漫長的訴願、抗議，談判，與談判失敗；而方才，大罷工已經全面啟動了。堂叔邊走邊說，這是一個歷史時刻。神情依舊莊嚴。沉默一會，他們邊走，邊開始互相笑話。

回望港埠燈火，你再跟上堂叔，且目送他們，一一消失在光網曲折處。不知為何，你不曾預見將來地貌，已經一點一點，自你們身後鋪設而來，翻新是夜，你們一同走過的荒山，遂行了更精密的棄置：監獄預定地，精神療養院，垃圾掩埋場，第二期納骨塔工程地。順著你們踩動的地面，圍欄一區區圈定，直達你們的山村。在那之前，國家調度替代公車，確保四野交通，依舊順暢無阻。在那之前，堂叔和百餘位同僚，同遭公司解僱。而你，正是搭上替代公車，一路趕赴高中聯考，一路終於安抵大城，直到一九九五年的長夏。

你考完試了。是年，在倒數著等待煙火盛放的夜，你原地停駐，看見年末最後一波熱浪，接濟起瓦礫堆裡最後一批野蟲。牠們都在遷徙，幾個你目送過的自己，也許亦然。彷彿，除了未及理解的，你將一無新知。彷彿，一九九五只是如此，對你封閉全部神祕，眨眼，在你面前，時光通過近鄰一切，撤向一九九六。

X 未知

駱以軍

未知

L'abécédaire de la littérature
X comme X

我和哥們討論我們將來要怎麼使用我們到時買下的「酷卡」（ＫＵＫＡ）。他們放了一些連結的網路影片，大約都是「波士頓動力公司」替美國軍方開發的機械狗，以及玩家們以此為概念發展的機械海鷗、機械響尾蛇、機械蠑螈、機械馬（真的有賽馬加速衝刺的物理性力道）、機械甲蟲（在瓦礫堆中自由攀爬）、機械魚（在水族箱裡，眼珠閃著燈光，但一樣地洄游）、機械袋鼠、機械螞蟻，還有在一個大展廳上百隻翩翩飛舞的機械蝴蝶……，老實說我徹底被打垮了，我完全相信將來這些機械生物，可以被大型太空船，運往遙遠的星船，不受有機生命的有限時光必然死亡的限制，可以在可能飛行上千年後，在另一個遙遠行星，布展成一個美麗的新世界。只有一支短片，找一位奧運級桌球選手，和球桌對面一隻金屬鉗握球拍的機械手臂，進行一場ＰＫ大戰，不論各種角度的削球、旋球、抽球、殺球、短吊，機械手臂都好整以暇，彷彿將那球桌上方的空間，切割成無數垂直平行的座標，滿頭大汗的人類頂級桌球手，用什麼戰術，改變擊球快慢節奏，扯開左右身體重心，全都沒用，都在機械手臂預存在它記憶體中的龐大數據裡。

當然還有十幾隻無人飛行機，上上下下，以那圓圈旋轉如直升機的空氣動力，發出嗡嗡的聲音，然後在不同的鍵琴、敲擊樂器，像一支交響樂演奏《查拉圖斯特拉如是說》；還有機械人的電吉他的演奏；德國機械人在一畫架上拿畫筆作畫……，這些都是酷卡的同族。最震撼的是一支影片，一顆巨大石料，一隻酷卡，分層切割，上下左右以高速旋轉鑽頭，雕肧成形，細部鑽琢，慢慢地，一只就像羅丹雕的大理石人類左腳，就那麼充滿靈光地出現。另還有酷卡雕出就像西藏壇城，唐卡那麼繁複的曼陀羅層層藻井、藤蔓裝飾、火焰紋、不同佛像的衣飾、坐騎、法器的壁龕。

我深受打擊。完全相信最近媒體狂炒什麼「ＡＩ會造成幾億人失業」，當時我覺得這很無聊，甚至他們還討論「以ＡＩ進化的速度，幾十年後必然超越人類，形成比人類更高智力的物種，人類將會滅亡」。但光我現在在影片中看的這些酷卡們，它們還是金屬機械的笨重外形，但其實集中於某些關鍵關節，或極精緻高難度的龐大技藝整合，它們已經可以如此靈巧。那些福州十幾萬靠雕刻壽山石、老撾石（那些山中林樹、乘船高士、亭臺樓閣、神仙菩薩、或花果蟲鳥、古獸龍鳳的圓雕、立體雕、浮雕）的工匠們，全部都要失業了。

他們還不斷傳來那些諸如「日本種子島宇宙藝術祭」、「紀念碑谷——不可能的世界」、「kris kuksi的巴洛克式雕塑」、「現代達文西Theo Jansen做的各種風力仿生獸」、「女陰長城」……，我們開始討論買一隻酷卡要多少錢？八十萬！但又說起四年前很瘋炒的3D列印，還有掃描自己的肖像，再3D列印成立體的新攝影概念公司，後來都倒了，泡沫都爆了。當時這麼說，第一代的3D列印機，可以印出第二代兒子機的零件，多迷人啊，自己一直生，等於人類終於從機械找到「神的創造邏輯」——創造者不必在場，而被造物可以自己繁殖後代，結果呢？第二代零件超粗糙，無法生成，變成騾子了。那家「MarkerBot」就是其中的傳奇，從網紅變成3D列印大亨，再變成公司倒閉賣掉。也許酷卡也只是科技公司鋪天蓋地的炒作泡沫。

但我想像我們擁有一隻酷卡，安靜地在一個地穴或山洞裡雕著，先從掃描人類上千百張臉、動物骨骼、河豚、海膽、某些臺灣美石的紋理、女人永恆的胸弧或腰弧、某些深冬的枯樹枝杈……，這些學起，再在電腦中變形，重組成一個水窪、潟湖，或森林的組構。光讓我的酷卡，在臺東某處小山洞裡，以細微淺浮雕，重現西斯汀教堂的米開朗基羅全幅壁畫，都已是可誇耀之豪奢。薄如蛋殼裡面小雞心臟還跳動的胚胎；或是透明的吃下無數仍跳躍小魚的大墨魚；某顆星球脆弱地表全是深崖萬丈的冰層或氣態乾冰；大航海時代馬德里港口停泊的上百艘西班牙大帆船，上面不同膚色的水手和奴隸，搬運不同的酒桶、大珠寶箱、槍炮、穀袋、動物屍塊、修補船身的木材……，有一天，人類全部被機器人殺光，只有我的酷卡，持續地在地底，挖一座像臺北那麼大的地下森林迷宮，美不可言。也有像索多瑪和蛾摩拉之城的電動鑽頭一直不停歇，持續將粗礫的礦石，雕出上萬個，栩栩如生、不同細微表情，和不同男人荒淫著的美麗女人的雕刻……

哥們之一說：「我只要奴役我的酷卡幫我打手槍！像傳說中的『日本龍卷手』。」

有一次，在一所中部大學，我和一位我非常尊敬的小說家兼評論家有一場對談，我們是老友了，但他評論起我的小說，總是不假辭色，他學問又好，所以我每有和他同臺，公開對談，總是非常焦慮緊張。但那天的對談，一劈頭他便問我：「……你從二〇〇一年那本小說開始，就持續地在小說技藝中，操作，或實踐一種抒情傳統。能否請你說說為什麼？」

啊？那是什麼？什麼是抒情傳統，我在內心自問自答：我的小說是「抒情傳統」？那是什麼啦？我不是應該是變態、冷硬派、滑稽高手，或如一堆不用功的學者討論起我的小說，總就是繞著打圈「那些長得讓人喘不過氣的長句」？我跟「抒情傳統」真的不熟啊老哥（很像它是別人家的老婆，我要用力撇清我真的真的沒摸她屁股）。總之，那場對談，我沒有回答這個問題。

但之後好幾天，我一直被「抒情傳統」這四個字困住了。

很怪的是，我調度記憶，比較能讓想像力趨近或著陸那四個字的，感傷嗎？懷念嗎？隱在內心不為人知的感覺嗎？反而是想起我並不長的嫖妓時光。我會在心底很努力地回想那些不同旅館房間，那些叮咚按了一聲門鈴便走進來，除了那半小時，我的人生和她們的人生毫無關係的女子，說來比起我那些征逐聲色，誇耀自己獵豔的美人檔案或怪奇性經驗，我算是個錯過了年輕精力充沛，說來拘謹而性經驗頗貧乏之人。我大約兩年多，像生熱病的嫖妓時光，嚴格說也沒遇過頂尖姿色的妓女。當然可能是我自己的想像，我印象中的她們，從進房，跟你隨意聊兩句，到討價還價，到脫衣，讓你抱住她，完成那一切，然後進浴間沖洗，穿衣，也許會和你對坐抽根菸聊兩句，然後推門離開，這整個過程，這些女子，都帶有一種，似乎她們的線條，是某個不太自信的新手素描學生，炭筆畫上這邊的線條，又用橡皮擦擦去重描上，一種比我在日常生活，外邊遇到的女人，多了一種多出來的什麼。疲憊？哀傷？細碎地讓自己被陌生人操的屈辱？或甚至是，其實她們走在大街上，並不是很有吸引力的美少女，但在這付費的小房間裡，她們有一種性上面賣弄風騷的祕密越界。但她們其實都不是所謂的「浪女」，或「壞女孩」、「愛玩的」，都是從大陸各省各農村，漂流到北京上海這些大城市謀生存的，甚至是老實孩子。我總會問一些她們童年時光，或少女時光的記憶，多是在農村幫父母農忙，語言的描述能力也較貧弱。

我總在她們離去後，那些城市高空的旅館房間，被一種說不出什麼的寂寞淹沒，獨自抽著菸。身體確因之前和另一人類的緊擁、貼合、撫摸，而得到一種洗滌或安慰的感動。我通常在完事後，和她們其中任一個，那樣閒話家常，打根菸給對方，幫她點上，自己也點上一根菸，聽她們內向不聒噪，也不憤世地說起，在這大城市如蟻穴，不見光的移動，討生活，經濟上的不容易（她們的租住通常非常便宜，幾個姊妹分租地下室某一小間宿舍），家中的老父母、弟妹。我會說：「其實我的職業，和妳們是一樣的，只是有不同的老闆不同的人操我的腦袋；而人們是操妳的身體。」有時我會認真地說：「我看妳的相貌，妳將來命會很好的，真的！」她們通常會嘆口氣：「好什麼？都已經來做這個了。」她們都小我二十歲以上，但說這些感慨自傷的話時，像是比我更老的老輩人，內在是一條非常古老的道德河流，沒有任何叛逆或激越，事實上，她們是非常孝順、或對弟妹有情義，或良善不侵犯他人的人。我有時講幾個笑話逗她們開心，她們會兩眼晶亮，坐在那兒認真地聽，然後像對頑皮小孩的寬容，抿著嘴笑，從沒有哈哈大笑的。事實上，她們可能認定了自己是一大批遠超出她們能理解的，運送、分派、集倉、分類標價的牲口或貨物中的其中一個。

不知為何，我想像著我和哥們說的，像宮崎駿電影《天空之城》中，那麼悲哀地只剩下一隻的機器人看守著，文明早已覆滅的墳塚，我的那隻酷卡，在人類全部滅絕的一千年後，猶孤獨地在地底龐大「倒影之城」裡，孜孜矻矻地用鑽刀雕鑿著，一個一個栩栩如生的人體。我腦海中就浮現那些獨自在旅次，其實也許只是找個人類同伴來溫存一下，擁抱躺著，摸摸她的頭髮、身體，又沒有太大張力或必須耗盡心機，沒有什麼鬥爭、挑逗、權力世界的「酬換」、虛情假意啊這些……，等她們收了錢離開，又剩下我獨自在那旅館房間裡，充滿感慨，對人類這個物種的眷戀之情……那樣的畫面。

哥們在後來幾天，繼續討論著王世襄的「玩兒」理論：老先生玩明式家具玩出大格局，把紫檀、黃花梨，這些明式簡約而審美遠高於清宮繁花藤蔓雕工的桌几、臥榻、交椅，帶進西方頂級收藏家的眼中，乃至後來大陸有錢之後的再一波爆炒。他也玩了馴鷹、畜狗、哨鴿、鬥蟋蟀……所有老北京旗人玩的精巧玩兒學問。也討論羅胖在音頻說的「二眼論」：大意為如同圍棋之二眼則活，且靈狡創造生路，可能性萬千，如今世界頂尖企業家、創造者，莫不是在完全不同的兩個領域，各自成為這兩領域在全人類的前百分之二十五，這樣的人極稀缺，必然成功。但若就算你只在一個領域，占到人類前百分之一的位置，如同圍棋只有一眼，則還是容易被絞殺。

他們說：可怕的是綜效加乘效應，機械、人工智慧、聯網、奈米微科技、基因編輯、腦意識生物神經學……全部在魂融共生重組，且生成速度因網路串聯而比過去快速以十倍百倍計，形式也不再是過去人類孤自個人窮盡一生摸索，透過好幾代傳承改進去形成。他們還討論了亞瑟·查理斯·克拉克的科幻小說，最經典的當然是被庫柏力克拍成電影的《2001太空漫遊》，但其實他的《拉瑪任務》、《拉瑪二號》、《拉瑪迷境》、《時間之眼》……，很多其他的，都強到爆！！他們也貼上漢海昏侯劉賀墓出土的方相氏玉雕，方相氏是《周禮》規定的司馬的下屬，最高階為下大夫。掌蒙熊皮、黃金四目、玄衣朱裳、執戈揚眉為國家驅役。那雕像看去就一半人半獸。果不其然，像這個群組習慣性如雨後森林陰溼樹根處，啪啪啪冒長出各色蕈菇，連結貼圖貼上各種六個眼鬼怪模樣的，日本的方相氏，方相氏後來在南北朝五胡亂華後演變成鎮墓獸，也貼上北朝胡人的獸身人面、人面犬、唐三彩的鎮墓獸，那人的型態漸漸失逸，而像某種交配完的狗。又貼上瑪雅的多眼祖神，與和北齊鎮墓獸簡直像同一家雕刻工廠出模的瑪雅神獸玉雕……

我無法再想「抒情傳統」是什麼了。我不曉得神（或外星人）當初在創造人類的大腦或靈魂，所有可能範域、規模、連動爆發的智能加框架，有像我們現在在想某一隻酷卡，那麼認真嗎？我給哥們寫上：「看來我們的酷卡到時會忙到爆啊。」

「酷卡。」哥們留言：「妞妞。」

「什麼意思？」

哥們貼上一張那種長耳朵長毛小獵犬可卡犬的照片：「好想念那時你養的妞妞，每次都像穿著喇叭褲。」

另個哥們也留言：「我剛剛也是想到妞妞。看來，我們到時真的買了隻酷卡，就給它命題叫妞妞吧。」

我的眼淚流下來。

那一年我陷在一個苦戀，我愛的女孩還沒和她前男友分手，難以言喻我那時活在怎樣的地獄裡。很怪的是，我和那女孩的家人處得很好，當然其實有點是我討好他們，希望我和那個幽魂般的前男友的鬥爭能占點優勢。那時女孩的妹妹領養了隻可卡犬，沒想到帶回家後她父親大發雷霆，我便自告奮勇讓我帶上陽明山養。那個妹妹當時還有點小公主氣，替她的愛犬買了個像奶油蛋糕的提籃，還有一些小狗的玩具骨頭和絨毛小熊。她哭哭啼啼把小狗交給我，我向她保證我一定好好照顧這隻「妞妞」（你看連名字都取得這麼女孩味，我如果跟我那些廢柴哥們說，我養了隻小狗叫「妞妞」，他們一定笑翻了）。然後我便開著我那臺破車，載著那隻耳朵長長，據說是英國王室的獵鴨犬，往天母方向去。因為那晚我一個哥們退伍，我們約好在天母的一家pub喝酒幫他洗塵。

我把車停在路邊，把車窗搖下些縫隙，跟後座的妞妞說：「你乖乖待車上，我兩、三個小時就回來。」事實上，三個小時後，我帶這兩個哥們回來開車門時，我們已經醉得不像話。之前在pub裡，我們亂喝了至少兩打啤酒，又各自亂點了一些叫長島冰茶和瑪格麗特的調酒，我們和另一桌一個很屁的傢伙和他馬子比飛鏢，然後我哥們跟我們說了些他在軍中遇到的鳥事，這過程我們又乾了不少酒，我好久沒那麼快樂了。後來這兩個哥們說乾脆上山睡我宿舍，他們倆一上我車就在後座睡著了。我安撫那隻提籠裡的小狗：「別怕，妞妞，他們都是好人。」

然後我便在一種，意志力和整腦袋揮發的酒精對抗，眼皮瞇成一道縫，那樣的昏茫狀態，開著車進到一條上山的小路。那條山路我走過無數次了，在這樣的夜黯裡，車前燈照亮前面一片光霧，可以看見前方蜿蜒山路旁的荒草，旋飛的落葉和飛蟲，那一切像在夢中，或科幻電影裡的火星上。我一直用意志力控制著自己的注意力，但我的鼻子不斷噴出濃濃的酒精，我們這車裡恐怕酒精濃度都飽和了吧。我對自己很有自信，之前在山上，我們一堆人去某某那喝酒，也是這樣醉醺醺，我還可以開車把女孩們送回她們宿舍，然後再硬撐開回自己住處。

但後來回想，我不知在山路的哪一段就睡著了，不知我的神靈以自動駕駛又開了多遠，最後我是在一巨大的撞擊中驚醒，眼前一片刺目的強光，車引擎發出可怕的咆哮，我以為我在天堂了。後來才知道，我的車在一個大迴彎，直直撞上路邊石墩，還把一個山路的反光鏡撞斷了，我們的車衝出懸崖，真是命大，被那山崖邊密密成叢的芒草攔住，就那樣懸在半空。我們眼前那燦爛的強光，是車頭遠光燈貼近打光在芒草的莖桿上；引擎巨大的炮響，是因車輪已懸空，我的腳卻仍踩著油門的空轉。我的哥們在頭撞擊前座椅背之後驚醒，他們大喊：「怎麼了！！！怎麼了！！！」那隻小狗妞妞也驚嚇得一直嗚咽。我哥們後來很生氣說，當時我根本沒想到救人，只是驚慌一直喊：「妞妞沒事吧？妞妞沒事吧？」然後我們狼狽爬出車子，從那陡坡抓著芒草，爬回上面的公路。

我帶著那隻小狗住我宿舍，女孩的妹妹每週會上山帶牠去給寵物店洗澡，吹得毛髮蓬鬆像個公主，並且帶非常多小狗的零食和玩具，這隻狗確實也有公主病，睡覺一定跳上床，牠可能從心裡認為女孩的妹妹是牠親娘，我只是照顧牠的長工。但女孩的妹妹後來交了男友，陷入熱戀，就慢慢不再上山了。我有時牽著妞妞在山徑遛著，心想不管我和牠彼此看對不對眼，最終牠還是成了我的狗。後來我和那女孩結婚了，那隻妞妞跟著我們從陽明山搬到深坑，女主人懷孕，生下小嬰孩，岳母非常傳統，說小狗身上的細菌對小孩不好，恰好那小屋有個小院，妞妞便被養在屋外，我們給牠買了個狗屋，但我不知牠內心是否感到自己被貶謫？過了兩年第二個嬰孩又出生，小狗眼中的男主人女主人忙亂地圍著那兩個人類小孩轉，總之，這個小家庭的時鐘，被調成只以那兩個小孩的成長而計時。

這樣又過了幾年，大兒子要念小學了，我們決定搬進城，但公寓的房東不准養狗，最後我們把妞妞留在那鄉下小屋，託鄰居的外傭阿姨每天餵牠，我一禮拜會開車回去看牠。那時牠已是隻老狗了，大約第三次回去我發覺牠病了，一直喘氣，肚子鼓鼓的。帶去獸醫院，說體內全部內臟都衰竭了，可能外傭阿姨餵牠便當太油了，好像牠的心臟和肝都被脂肪包裹。我內心充滿時光流年說不出的歉疚，還一心想幫牠減肥，帶到公寓頂樓，我站這邊叫：「妞妞！過來！」牠步履蹣跚地走來，我再跑去另一頭，喊：「妞妞！過來！」，牠兩眼渙散著一種老狗對主人沒轍的疲倦，還是歪歪扭扭地走來。那時我好像在對著自己負欠的什麼賭氣，在那頂樓，不斷地跑這端再換那端，讓牠緩緩地，朝著我走著。

X 未知

陳雪

~~*L'abécédaire de la littérature*~~
~~*X comme X*~~

走出蒸汽騰騰的浴室，狹窄的旅館房間，一張大床橫陳占去大半空間，白色床單被褥裡，206男孩穿著白色睡袍抱著枕頭看電視，男孩黑而卷的頭髮過耳，古銅色皮膚緊得像鼓皮，他按著遙控器頻頻轉臺，彷彿每一個頻道吸引他，但也都留不他的目光，男孩放下遙控器，問她：「妳要不要？」

要什麼？當然是性，簡單的英文字彙竟可以有如此多言外之意，尤燕搖搖頭，說：「看你的電視。」講究些的人會覺得這對話也太粗野了，但她與206男孩之間，直接簡單的對話是一切，男孩伸手欲拉她，對啊為什麼不要？尤燕想都沒想自己的答案，所謂帶出場就是買春的意思啊！這倒是尤燕從未經歷過的，當初與gay好友達達到泰國來，達達安排第一站是潑水節，第二站就是GoGobar了。「到底用買的樂趣在哪？」尤燕問達達，意思是免費的性她想要就有，為何需要花錢去買？達達說：「用錢買，你可以挑選最好的。」最好的？尤燕思考了許久許久，當她買票走進酒吧時，好像有什麼在等著她，或許就是那個還不知道為什麼必須去做的事，才讓她跑到泰國來。

光是提起行李箱這個動作都會誘發她的眼淚，因去年此時，她才與大原一起去了峇里島，說好今年要一起去京都，然而，此時他們卻已經斷絕情人關係，不再往來。分手原因是大原劈腿，說來難堪，大原劈腿算個什麼事，大原那種浪子，交往六年「才」劈腿才算是新聞，她原可以睜一隻眼閉一隻眼，等他玩興過了，又會回到正軌，然而大原卻在尤燕與新歡之間無法選擇，誰都知道所謂的無法選擇最後一定是元配退出，從去年十月撐到今年一月，大原幾乎都窩在對方家裡，避不見面，尤燕撐不住了，她把大原留在她家的所有物品都叫貨運寄回給他，把那個他們一起住過的公寓退掉，在媽媽與姊姊的頭期款資助下，買了一個挑高夾層的套房，在一個月內請人裝潢布置火速搬到了新家。

與過去全部斷絕。

懂事以來，她對性愛就特別開放，但是喜歡做愛，卻難以投入感情，交往過幾名男友，床上熱烈，一下床就感到索然無味，二十八歲時認識了浪子大原，一開始也以為只是玩玩，「妳不是愛無能，是感情發展遲緩，」大原笑她，

「愛起來可厲害了！」大原愈說她愈感到羞愧，在愛情裡她簡直太弱勢了，所有理智全不管用，大原就是她的剋星，是她的命，她死活全部的理由。一開始他們只是酒後亂性，結果弄假成真，大原當時已婚有子，還有個女朋友，尤燕故作大方笑稱自己是「小四」，結果大原竟也不避諱地親暱喊她小四，小四啊，這名稱預示了她與大原的關係一開始她就居於劣勢，好不容易才等到大原離婚，其他女友也都斷了，這件事也叫她辛酸，她是大原離婚一年後在朋友閒談間才得知他早已離婚，她知道大原隱瞞是擔心她會想跟他結婚，但其實她沒那麼貪心啊，終於熬到她成了唯一的情人，好日子過不到兩年，大原就劈腿了（一開始還是小四小三後來才一對一，這段時間只有兩年），而且擺明了他就是想逃避她，這點才真讓她心碎，或許正如大原說的，一開始大原認為她也是玩咖，是他遇過最放得開、最「特別」的女人，但一旦變成一對一關係，「妳跟其他女人都一樣，令人窒息。」

妳跟其他女人都一樣，令人窒息。

這兩句話像緊箍咒套在她頭上，成了她失眠頭痛、除非喝酒無法入睡的原因。她天天買醉，身邊好友輪流陪她喝酒，送她回家，她在最昏亂的時候，會在朋友離開後自己又搭計程車出去喝，跟酒吧裡陌生的男人回家，第二天帶著頭痛與身上的瘀痕去上班，內心充滿懊悔，然而這樣的生活無法停止，她感覺自己可能就會在某一個夜晚死於陌生人或酒精中毒，直到達達帶她到泰國。戒酒之旅。

達達帶她到曼谷那條酒吧街，給她介紹過這家那家酒吧的特色，就跟約好的網友到蘇美島去了，「接下來的旅程是妳自己的，妳要自己走。可以上床，不許喝酒。」達達說。

尤燕並不感到害怕，好像離開臺北，就能暫時脫離大原的陰影與咒語，但那天夜裡她自己買了門票走進DREAM BOY，純粹是為了這個店名，記得狂愛最深時，她每每在兩人做愛後大原昏沉睡去時，徹夜凝視大原那張已經四十多歲，卻還顯得稚氣的臉，心想只有最自我中心的人才有能力活得這麼「自由」，因為這份自由，才使他保持了一張俊臉，以及永遠不缺乏愛情的能力，他就是一個女人夢想中的DREAM BOY，她既悲傷又好奇地走下階梯，進入位於地下室這個酒吧，穿著旗袍身材豐滿即使濃妝豔抹依然有張男人臉的媽媽桑親熱過來招呼她，說表演九點半才開始，領她到位置坐下，客人還沒滿座，她張望四周男客居多，女客也有，但大多結伴而行，像她這樣單獨前來的女性很少，她望向酒吧正中，不算大的舞臺，只穿著一件白色小短褲的男孩沿著舞臺邊緣站定，隨著音樂聲緩緩挪移，幾十個光裸上身的男孩同時在舞臺上，幾乎像是迴轉壽司那樣移動著，每個人的白色泳褲一角都別著一個金屬牌子，上編寫著阿拉伯數字的編號，那些男孩高矮各異，一七〇到一八五之間，清一色都偏瘦，有些練出強壯肌肉，有些還沒，細看臉龐，年齡則在十八到三十五之間，有些看來青澀，有些顯得成熟，甚至變得滄桑。這些男孩或男人，大多面容姣好，至少身材都在中等以上，如此赤身裸體展示自己，無非就是等待臺下客人點單，在她看來都是些小弟弟，不是她喜愛的熟男風格，大原雖然長得一張俊臉，卻是極為粗獷的性格，與臺上這些極力賣弄身材、甚至對臺下客人擠眉弄眼的男孩完全不同，尤燕是帶著欣賞男子之美的心情看待這些不斷迴轉的男孩，期待著待會的大秀表演，就在男孩們幾乎都要下臺的時候，她瞥見了一個編號206的男孩，黑色卷髮，極高極瘦，一雙空靈大眼，直挺鼻梁，小巧的嘴，緊攢著雙手，茫然無措，他完全沒有能力面對臺下的觀眾，彷彿被嚇呆了，或者完全置身於另外時空，只是傻傻玩弄著手指，等待被輪轉下臺，尤燕被那一張俊美而不知道自己美的臉迷住，男孩下臺了，表演開始。

GoGoBar的秀場一向華麗色情，扮裝大戲開場，頂著七彩羽毛華冠、性感衣著金光閃閃、搭配著〈瀟灑走一回〉臺灣歌曲飄飄起舞的扮裝皇后，一邊從胯下拉出彩帶、一邊飛繞全場將那彷彿無邊無際的彩帶從身體裡掏出來，沿著舞臺四周的柱子不斷繞圈，舞臺上頓時布滿了充滿螢光七彩的帶子，而觀眾簡直不知道為何那人還可以從身體裡（屁眼裡）繼續掏出彩帶來，隨著音樂進入高潮，觀眾大喊大叫。接著是拳拳到肉的性交秀，真槍實彈，對尤燕來說卻更像男男性愛教學影片而不帶色情感，最後一場是大屌秀，各色男子（有幾位剛才在迴轉秀裡已經見過）全裸上陣，都是身材練得最好，性器官最雄偉的，他們做出各種性感動作，將性器像長槍般舞動，臺下已經開始有人點單。

恍惚間，尤燕似乎看見了206男孩，一個中年白人男子正摟著他，沿著舞臺外側走出來，尤燕心中大慟，那男人真是老醜，別跟他走，這時媽媽桑走過來問她：「有沒有喜歡的，跟我說。」尤燕想都沒想，說了：「206。」媽媽桑興奮點頭，好好好，等等我。

這時男人摟著206經過她面前，她才發現自己認錯人。

而真正的206，換上牛仔褲與T恤正從舞臺後方走出，朝她這邊走過來了。

多麼好看的男孩，簡直就是CK廣告裡會出現的人物，他手長腳長，穿著貼身的衣褲，顯得更高䠷，媽媽桑帶206坐到她旁邊，就喜孜孜離開了，尤燕問206：「會不會說英文？」他點頭又搖頭：「一點點。」他們一起看了下半場秀，男孩用簡單英文回答她問題，名字：Paul，年齡：二十，「今天是我第二天上班，很緊張。」206說。尤燕不知真假，但他的號碼確實是最後一號，男孩問她表演好看嗎？她說好看，男孩點了可樂，她點啤酒，十點半時尤燕問男孩要一起出去嗎？男孩說好。

走在大街上，男孩在前她在後，經過便利商店，男孩要她等一下，她驚想：「該不會是去買保險套？」這時才有了「帶人出場」的真實感，男孩隨她回到飯店，一進入房間206就放鬆了，開心說：「我先去洗澡」，尤燕覺得一切都很荒謬，或許因為她不是gay吧，如此多男色竟無法使她興奮，即使她被稱作好色一代女，她也曾與陌生人在酒吧邂逅，發生一夜情，然而隨著大原的情變，過去的她整個被擊碎了，後來那些酒後亂性再也無法使她快樂，而是徒增悲傷，而她竟淪落到需要買春了嗎？

２０６男孩穿著浴袍走出來，神色就像《麻雀變鳳凰》裡的茱莉亞羅伯茲，乾淨、清澈、天真，男孩開心鑽進被窩裡，說：「換妳去洗澡。」尤燕就去洗了，浴室裡熱香四溢，彷彿真是天堂。

然後就是這樣了，男孩問她要不要，她說：「看你的電視。」男孩開心地轉臺，看到劉德華就停下來，說：「我知道這是臺灣人，我很喜歡。」尤燕笑了，那是香港人啊，但她沒多解釋，男孩看到桌上攤開的地圖，一把抓過來，指著曼谷上方靠北的一個地方，說：「這是我家。」他說才剛從家鄉到曼谷工作，暫住在姊姊家。她問：「為什麼在臺上你都不笑？」２０６說：「因為很緊張。」尤燕說：「你要多微笑，你笑起來很好看，還有不要一直玩手指，要有自信點。」覺得自己簡直像他姊姊（嚴格算來可以當他阿姨了）。但倘若一開始２０６就是個笑容滿面、知道自己魅力所在的人，尤燕也不可能點他了。

「為什麼不要？」男孩問她。

「這樣看著你就很好。」她說。

是啊，男孩近在眼前，臉上還有淡淡的金粉，緊繃的皮膚、俊秀的五官，用買的才有如此尤物躺在她床上，她感覺自己就像川端書中老人、睡美人的故事，她好像可以這樣靜靜望著206男孩美麗的臉龐一整夜。

但是她沒有，他們聊了會，她拿出給他的出場費加上小費，叫男孩搭計程車回家，「我現在就離開？」206好納悶，「對啊，我累了。你也早點回家。」

她送他到房門口，206好像還處在迷惑中，但只能揮手與她道別。

她想起她給206的錢，其實以他的美貌，那根本不算什麼，她與大原交往幾年，在大原身上花去的錢是多少倍也算不清，她所有積蓄、薪水都在兩人交往中，吃飯、禮物、出國旅遊、買車上頭花掉了，但她毫不遺憾，即使大原最後劈腿，錢也不是她傷心的原因，為情人花錢，與花錢在酒吧裡的男孩身上，到底有何不同？至少都是她自願的。

第二天一個人的旅程，早上露天市場恰圖恰閒逛，中午吃吃喝喝，下午泰式按摩一次三小時，然後百貨公司買衣服，觀光客該做的都做了，到了晚上，尤燕著魔似地又回到那條街，路上酒吧攬客的服務生都拿著自己店裡男孩的相簿一一翻給她看，她愈是翻看那些相片裡的男孩，愈想念206清俊無邪的臉，他還能如此天真多久呢？想著206她又繞進了DREAM BOY。

一進門，媽媽桑簡直像看到了什麼稀奇事物一樣衝過來拉她的手，想必她付了高額的小費卻在一小時內讓206離開，且兩人並未發生任何性事，這情節已經傳遍了整家店吧！媽媽桑領她到座位，時間還早，舞臺上只有一些正在彩排的人，布幕旁有幾個人正在舉啞鈴鍛鍊身體，媽媽桑問她：「今天有來兩個新的男孩，要不要看看？」她笑笑說：「我再想一想。」

男孩們魚貫上臺，等了幾輪，果然看見206在臺上，他整個人都不同了，精神、自信，看著她時，臉上綻開燦爛的笑容，偷偷朝她輕輕揮手，節目開始時，照例又是瀟灑走一回，她向媽媽桑伸手，說：「206。」

為什麼是他？但又為什麼不是？花錢買的，為什麼一定要新的？明天她要離開曼谷了，她想再見一見206。

206輕快地幾乎走跳著來到她身旁，熟練說要喝可樂，突然變得饒舌起來，「以為妳今天不會點我。」他撒嬌說。「今天的表演也會跟昨天一樣嗎？」她問。男孩點點頭，她說：「那我們現在就走吧！」

這次男孩與她並肩而行，再度回到了飯店房間。

彷彿一切都在重演，開電視、洗澡、看電視，差別是，男孩在浴室裡待了好久，而一直大聲哼著歌，她為他是如此的快樂感到驚訝，也感到心痛，尤燕想著，自己是個好客人吧，206男孩的初次就遇上了我這樣的好客人，那接下來的日子不就要走下坡了嗎？她想起舞臺上表演大屌秀的一些男子，大多是三十左右，臉色已經暗沉、不再年輕燦爛的「老男孩」，色衰愛弛，但這卻是她無法介入的事情。

206從浴室走出來，連頭髮都洗過了，「妳去洗澡。」他說。她覺得好笑，但也順從地拿起浴袍走進浴室，依然水氣氤氳的空間裡，彷彿還有歌聲在迴盪，剛才男孩唱什麼歌呢？她沒聽清楚，因為歌聲是那樣歡快，無論歌詞是什麼，想必都跟快樂有關。

他們躺在床上聊天，男孩突然用力揉捏自己的手臂，她問男孩怎麼了？男孩說：「因為運動。好痛。」是啊，晚上開演前許多男孩在舞臺旁舉啞鈴，206男孩也是其中之一。「我幫你按摩，」尤燕沒多想就幫他按摩手臂，男孩一臉放鬆地說：「很舒服。」尤燕這才覺得荒唐，笑說：「到底誰才是客人？」

但一切都值得，這就是買春的意義嗎？男孩漂亮的臉在她面前，近看也沒有絲毫瑕疵，反而更顯得俊美，他毫無防備，也沒有任何油滑，甚至還沒有什麼男子氣概，純粹的一名美少年，慵慵懶懶知道自己被愛著所以快樂，她心痛想到年過四十的大原在她身旁時也常有這樣的表情，「在愛裡徜徉」，她總是買單，什麼好吃好喝好玩好用的都要買給大原，好像只要能令他快樂，她就會感到滿足，甚至到最後，知道他另有所愛，所以讓他自由。她就是這樣的人嗎？

以往她總以為對大原深刻的愛是一種生理反應，大原身上滿滿的費洛蒙，所以到處有女子跟隨、追求，而他也樂於接受，因此滿足，那是一種「美人病」吧，知道自己傾國傾城，所以揮霍無度。

但２０６男孩卻不是這樣。

那是一種她不熟悉、不瞭解的快樂，她對他一無所知，只知道她對他並無慾望，而更傾向於只是欣賞，與一種保護、憐愛之心。

「你喜歡男孩還是女孩？」她問２０６，她想起在酒吧裡鄰座的男客與她搭話，是香港來的中年gay，問她看上誰，她笑笑不語，男人說：「我每年都來曼谷兩三次，每次都到這家店報到，但我看上的總是客人，妳瞧瞧前面那排左邊數過來第三個，俊不俊？我猜一定是臺灣人。」那畢竟是gay bar啊！２０６毫不遲疑回答：「女孩啊！」當然也可能因為尤燕是女孩的緣故。答案不重要。

他們閒散地談話，她細心幫他按摩手臂，２０６抓住她的手：「我們來做愛。」她笑笑說：「不用啊，我不想做，這樣就很好了。」２０６說：「可是我想。」

可是我想。

一場角色對調的性愛在一張白色床鋪上慢慢展開，與這樣絕美的男子性交或做愛該是非常美妙的事嗎？但過程卻更像是在運動，因尤燕絲毫沒有色情之感，她只是認真注視著206在所有動作中展現的身體線條，他的肢體起伏擺動的樣子，看見他全身的裸體連性器都好美麗，面對美的一種臣服或許是她的弱點，他無論抱著她、摟著她、深入她，或以各種動作彷彿體力太好必須認真消耗，所有動作都使她神往，她花了很長時間才能不去看他、而能全身心投入這場以金錢進行的性愛中，爾後慢慢到達高潮。

做完愛206男孩精神抖擻，尤燕卻覺得累極了，他說：「那我也幫妳按摩。」尤燕苦笑說：「我又沒有健身。」

「不如你給我唱首歌吧！你剛才洗澡時唱的那首歌。」她說。

男孩納悶看她，隨後就開始慢慢哼唱，她才聽出那是劉德華的〈忘情水〉，男孩歌聲並不特別，怪腔怪調地模擬國語發音，以及他歡快的聲音，使得哀傷的情歌充滿一種童趣，男孩臉上的認真就跟剛才做愛時一樣。

她覺得好睏好睏，好像可以立即倒下睡著，好長時間，她不曾滴酒未沾就有睡意，好長時間裡，她沒有一次不是從噩夢醒來，夢裡全是哭喊，男孩唱完歌，她又起身去皮包裡拿錢，「記得搭計程車回去。」她把錢遞給206，206穿好衣服，把錢塞進牛仔褲，「妳還會來嗎？」他問，「我明天就回臺灣了。」尤燕說。是啊，該回家了。

「我要跟妳說我的名字，不是Paul，但我只說一次。」男孩輕輕抱著她，在她耳邊說話。

「*%&*@*&&%%*#」男孩說著自己的名字。

那是一串好長的名字，快速被說出，只剩下一抹聲音通過。

男孩親吻她的臉頰與她道別，她送他出房門，目送他進電梯，電梯門闔上，她退回房間。

那是什麼名字呢？「但我只說一次。」

那個記不住也忘不了的聲音，那個充滿神祕彷彿咒語的名字，在腦海中迴盪卻無法再現，她非常想要抓住那聲音但知道並無可能。

她好像突然理解了什麼，又好似陷入了更深的困惑，但她心裡某個地方被輕輕撫摸，她也輕輕撫摸了男孩心裡某處，就是那樣感覺，一種愛，善待，光，歌聲，溫柔，即便是最破碎的人也能夠給予的，把悲慘的情歌唱得歡快，讓一場買春變成美善的時光。

她流著眼淚笑了。
我沒有完全崩壞。
沒有。不會。不會的。

X 未知

胡淑雯

~~*L'abécédaire de la littérature*~~

~~*X comme X*~~

她提出申請的時候，年紀剛過六十歲。是朋友出面代她申請的。為了保護她的隱私，我們為她取了一個代號：孔雀。孔雀病了，怕自己來日不多，想在疾病占據身體，全面接管自己的時間之前，嘗一嘗性的滋味。而所謂性的滋味，毋須言明，指的自然是高潮。孔雀是處女。她在十二歲那年，被一個同齡的表兄侵害過，此後就將感官包裹掩埋，再也不曾打開。而她之所以申請我們的性服務，據朋友說，是為了覆蓋那份年久失修的記憶，向幼時的創傷告別。這理由聽起來未免太嚴肅了。就算只是為了好奇，為了貪饞或爽快，我們也會同意的。

孔雀與她的朋友，是在一個成長團體認識的，這友誼持續了八，九年。最近，兩人加入了一個組合家庭，在鄉下共同購屋，買地，打算建立一座田園，幾個女人一起養老，但天有不測風雲，孔雀病了之後，回到北部住院治療，竟然就出不了醫院了。

孔雀的朋友——姑且叫她「海芋」吧——是一個單親媽媽，丈夫兩年前過世了，兒子念小學。我在線上與海芋通過兩次視訊，向她描述了以下這個故事：

去年，我們曾經服務過一位中年女性，重度肢體障礙，脊椎變形至無法站立，雙手扭曲，缺乏握力，無法拉長，伸直，自然也構不到自己的下體，她要求在服務之前洗浴，並且特別囑咐我替她細細清理那一處，平時只能簡略而潦草地，以清水灑一灑的地方。她不曾自慰，因為手不夠長，摸摸自己的經驗倒是有的，但從來無法盡興。在她四十幾年的人生中，成年之前沒有自己的房間，後來有了，但房門不能上鎖，方便家人隨時進來幫忙。偶爾，在夜深人靜的時候，她會在手機裡偷看成人電影，關燈，關靜音。她的耳殼長得並不完整，咬不住耳機，但是曾經單手壓著耳機聆聽A片裡的叫聲，只覺得激昂做作，幾次之後就不愛聽了。

服務進行當日，見她出了捷運站，自巷口轉進來，在颱風前夕的大風裡，我發現她燙了頭髮，還上了妝。那新燙的，過卷的長髮，在大風中顯得狂野而茂盛，送出過量的表達與期望，彷彿全身最健康的一組器官，隨時要起飛的樣子。她有備而來，赴宴如同履新，如同赴死。我跟另一位女性義工陪她進入預先勘驗過的無障礙旅館，在房間裡將她自輪椅卸下，改以拐杖與人力的輔助，顫危危地走一小段，再踏上一階，跨過門檻，登入浴室。過程中，她提醒我們，「不要把我當成易碎的玻璃，你們愈是害怕，我愈容易受傷。」這話不是比喻，該用力的時候就要用力。我們安排她坐上馬桶，褪下全身的衣物進行坐浴。她很習慣裸體，習慣幫手，沒有一般女性遮遮掩掩的害臊，任我們的四隻手在她身上擦擦抹抹。洗浴到某個程度，我依約向她預告：「我要把手伸到那邊去囉……」她說謝謝。而我其實並不確定，我跟她之間，哪一個更需要做好準備。從她長大，自立，獨自承擔自身的清潔工作以來，我正動手清洗的地方，是不曾被任何一隻手一根指尖碰觸過的。我將泡泡打得很細很細，手指每行經一處，都向她說明我在哪裡。該去的地方不止一處，有前，有中，還有後。而水聲是最好的掩護，讓我們聽不見喉嚨裡的心跳聲。這程序即將結束的時候，她忽而問我，輕聲卻不帶遲疑地問我，「陰道在哪裡？」這提問令我心生肅穆。

「妳不知道嗎？」我問。我知道自己在說廢話。

「不知道。」

「妳想知道嗎？」

「想。」

「妳要的話，我摸給妳看。」

她說好。

於是我再次打了沐浴乳，借泡沫親暱的阻隔，在外緣輕輕滑行，繞圈，然後將中指定住不動，告訴她，「我現在就在這裡，在入口的地方。」她感受著我的指觸，困惑而生動地眨著眼睛，專注了許久，接著鼓起勇氣，說，「妳可以進來嗎？」我將全身的意志集中於指尖，在溫水與泡沫的協助下，一點，一點，緩慢前進。以近似於無的所有力量，送出最輕盈的暴力。這一刻，現場的三個女人全神貫注，沒有人發出聲音，沒有人敢呼吸，像一杯剛剛好注滿的酒，繃馳於表面張力，少一滴就不對了，多一滴則會潰堤，直到她給出指令。

「夠了。」她說。

「還好嗎？」我問。

她沒有回答。似乎還在消化剛剛發生的事。

過了一會兒，我問，「不舒服嗎？」

「會痛。」她說。

「是嗎？我進去得很慢，很慢喔……」

「妳進去了多少？」她問。

「不到一個指節。」

假如妳去到一個完全陌生的地方，一個不曾踐履的他方，就算只前進了一點點，也夠遠了。在那極小單位的時間，與極小單位的空間裡，蓄飽了常人於慣性中早已遺忘的知覺。各色各樣的小知覺，強弱不一形狀各異的、力量的微粒，擠爆那寸縷之地，化成語言也不過是「會痛」而已。

我們替她擦乾身體，換上一套為了這一天特別準備的，性感的袍子，她笑得合不攏嘴，要我們替她多拍幾張照片，做為留念。穿上衣服，她反而害羞了，尤其這身衣服。紅的底色，或粉或白或紫的牡丹，大大小小，欲奔欲飛，袍子底下還有同款的細軟胸罩與丁字褲。她生澀地擺換姿勢，靦腆而雀躍，練習著夢裡才有的那種媚態。她說她從來不曾穿過這麼風騷的衣服，這麼鮮豔的顏色。我望著那一身色澤，印花，與款式，覺得真是太浮誇了，果然是男同志的手筆。衣服是資深義工文森去選購的，他對女孩子不太瞭解，獨自坐著輪椅在擁擠的賣場中苦行，精挑細選了一番，事前還清洗，晾乾，灑了香水。我記得，當我們退出旅館房間，準備讓性義工進門的一刻，她躺在床上興奮地拿出手機，對著它錄音，「這是我一生中，第一次開房間，我終於走到這裡了⋯⋯」

我把門關上的時候，注意到，與我同行的另一位女性義工，雙眼蓄了薄薄的淚水。

那次的任務，無法以成功或失敗來界定。這是可以預期的。她從來不曾與男性共處一室，不曾見過活生生的男性裸體，緊張害羞到清醒無比，只能接受小面積的，嘗試性的撫摸。在那兩小時九百臺幣的旅館時光中，她所能安然給出並恬然接受的，主要是交談與擁抱，至多是觀看：觀看男人的裸體。在性義工慷慨的饋贈與赤裸的鼓舞下，她喜悅而恐懼地觸摸了挺起的陰莖，也鑑閱了種種立體的光滑，頹傾的凹陷，與可長可短的皺折。

故事說完了。我問海芋，「孔雀需要的，當真是市面上所謂的標準性交嗎？那種對性慾、對滿足的想像，也許並不適合她？」有些身體渴望的並不是插入。甚至，對某些身體來說，插入可能太急躁了，反而沒收了身體。假如我們以其他的方式讓孔雀放鬆，學習認識快感，是否更符合她的需要？而男人對此並不擅長，女性可能是更好的選擇。

在我的建議下，海芋為我安排了一次，與孔雀的會面。我搭了一趟捷運，再轉了一趟公車，來到一座位於板橋與土城之間的醫院。她們在醫院一樓附設的咖啡廳等我。十二月的雨天，潮溼陰冷，孔雀坐在輪椅上，戴著毛帽，蓋著毛毯，喝的卻是冰涼的焦糖瑪琪朵，還吃了布丁，她說，「我喜歡快樂，喜歡甜。其他的，管他去。」我則要了一杯熱咖啡。孔雀的臉上沒有任何一點妝。她剃了光頭，穿著住院者專屬的藍灰色長袍，有出家人的味道。剃頭是她姊姊做的決定，理由是，這樣比較好清理。這場會面的時間是經過挑選的，孔雀的姊姊不在，看護則被支開了。孔雀得的是巴金森氏症，發病未滿半年，病程卻走得比預期更快，每日清醒的時間，大約就是早餐後的兩三個小時，因為這段時間，藥物的作用最低。據海芋說，昏沉的不是病，而是藥，這裡的鎮靜劑下得太重了，為了阻卻孔雀的躁鬱，姊姊寧願讓她一直昏睡，免除照顧的負擔，且為了方便，還讓孔雀包了尿布。這些醫療手段，為的不是讓孔雀出院，而是讓她繼續住院。孔雀住的不是一般病房，而是癡呆症病房，因為這種病房是可以無限期住下去的。「她的病程之所以走得這麼快，就是因為這些藥。」海芋說，「我們想要接她出去，享受陽光，戶外的散步，營養的食物，適當的社交，與復建……」海芋主張孔雀應該出院，讓看護跟著一起回到鄉間的田園，然而，在家人與醫護面前，朋友是沒有發言權的。

「我希望你們的介入，可以讓她重新感到，生有可戀。」海芋說，「我希望她可以為自己叛逆一次，奮鬥一次。」我這才知道，整件事主要是海芋的主意，是她說服了孔雀。而我的任務是，讓孔雀知道服務的內容，以及可能的限制，有些限制歸我們，有些限制歸她，但那些歸她的限制，極可能正是，孔雀之所以是孔雀的原因。

我把先前的故事叫出來，向孔雀解釋了一遍。她半昏半醒聽著，享受故事裡純潔的色情。咖啡廳裡杯盤碰撞，人聲鼎沸，她不斷傾身向我，單手搭著耳殼，需要一字一句重複確認，偏偏這話題又不宜高談闊論，於是我們離開咖啡廳，搭了電梯向上，來到十二樓的禮拜堂。這裡好安靜，在神的時區我們不會感到羞愧，但沒幾下來了三個人，令我們害怕此刻的話題會討來骯髒的譏評或投訴，於是我們退出了那個空間，推著輪椅，抵達走廊底端的一處空白之地。地板是白的，牆壁是白的，天花板是白的，門是白的，百葉窗是白的，走道邊一張閒置的長桌也是白的。我跟孔雀就這樣，在空白之地，一個坐著，一個站著，緩慢地，以爬行般的語言，交換了彼此的身體履歷。

孔雀對我很感興趣，問我幾歲，談過幾次戀愛，第一次性經驗是怎樣的。我必須先坦白自己，孔雀才能放心對我坦白。她說了那件事，十二歲的那件事。對方沒有進入，但壓制著搜刮了她的體膚，留下的感官記憶是微微的疼痛。後來，大約二十歲的時候，曾經有一個男孩吻過她，額頭，嘴唇。她說自己的嘴唇很乾。但額頭為她封存了一輩子的青春，留下了溫柔的回憶。孔雀說話的時候會閉上眼睛，因為疲倦，也因為遺忘太長了，必須閉上眼睛才夠得著。有一刻，她的雙眼溢出活潑的情感，聳著肩，帶著某種孩子氣的歉意，說，我曾經偷看過男性寫真。海芋旁聽著，鬆了一口氣，說，「不錯喔，她喜歡妳。」剛感覺熟悉，親切，下一刻又恍若咫尺天涯，孔雀突然斷電了，毫無預警地，幾乎是睡著了。今天就只能說到這裡了。

事後，我跟海芋繼續以訊息的方式，確認服務的時間與細節。時段必須是上午，孔雀最清醒的時候。我們會在醫院附近找定一家無障礙旅館，並且先向櫃臺說情，允許我們推著一個坐著輪椅的光頭老太太，進去休息幾小時。海芋會準備車子，向醫院請假。一旦確定了日期，支開家人不是太大的問題，孔雀的姊姊雖然防著海芋，能夠少掉一上午的負擔，倒也樂得輕鬆。海芋說，孔雀的事業還算成功，頗有積蓄，姊姊恐怕就是為了這筆錢，才把她扣在身邊的。孔雀必須更強壯一點，才能擺脫藥物的控制，表達自己的意志。輔具，玩具，按摩油，潤滑油，我們會一一準備好，沒有尷尬與羞愧，只等孔雀決定性義工的性別，待冬雨的季節過後，天氣再暖一點，事情就可以進行了。

但是雨季過後，海芋沒有回我消息。我在線上敲了她，她說，還要再等一等。海芋的家裡好像出了一點事，她需要時間處理。如此過了幾個禮拜，海芋終於捎來訊息：她打了幾次電話，孔雀沒有接聽。而她自己已經搬到東部，久久才能到臺北一次。又過了一陣子，海芋告訴我，她去看了孔雀，想要當面跟她討論細節，但是，孔雀沒有清醒過。孔雀失去了自己的身體，在醫院、藥物、與系統的催化下，不由自主地滑入某種取消了時間的生態，成為一個沒有時間的生物。

我們錯過了孔雀。

春天來臨，我再度給海芋寫了一信，問候她，也問候孔雀。海芋沒有回答，只說了「不好」。那句「不好」說的好像不只是孔雀，讓我感覺自己太多管閒事了。本想問問孔雀有沒有起色，中斷的事情可不可能繼續，但是，海芋說，孔雀已經被送進安養院了。這是最後的答案。

於今回想起來，我與孔雀的相遇，那一時一地的遭逢，已然就是一種錯身，一場告別。只是當時我們並不知道。出於義務工作緩慢的性質，我告訴海芋，同一時間另有十幾二十個男性在排隊，每個人平均都要等上大半年，但我們願意讓孔雀插隊，在近期內完成，因為她是女性，也因為她的年紀。我沒搞懂，孔雀的「近期」並不是我們的「近期」。她是一顆轉速不同的星球，與我們並不共有一個未來。究竟什麼是性？什麼是高潮呢？孔雀想知道的，我沒有能力回答。我每次去到的「那裡」都不太一樣。在不同的時間，與不同的人，所抵達的地方都不盡相同。就算只跟同一個人，甚至，彷彿千篇一律地只跟自己，每一個「那裡」也都不一樣。唯一可以勉強說的只有，一旦妳抵達了那裡，就會知道，那不是言說可以抵達的地方。

那一天，孔雀斷電以後，海芋搖醒她，讓我跟她說再見。而再見是屬於未來的，意思是，很快就要再見面了。孔雀恍恍惚惚睜開眼，微微一笑，說，擁抱一下。她的眼皮皺皺的，是老者特有的那種瞇瞇眼，那種眼睛一旦笑起來，是會讓笑溢出眼眶的，一看就知道是不是真心。我彎身抱了抱她，問，「我可以親妳一下嗎？」她點點頭。我輕輕啄了她的額頭，那是一個乾燥節制的吻。她瞇著眼，伸手點了點自己的臉頰，意思是，這裡也要。然後，另一邊也要。孔雀被叫醒了大約一分鐘吧。那是踰越了時間秩序的一分鐘，我們在這一分鐘裡肌膚相親，羞怯而無畏地感受這一分鐘，為了重新創造出下一次，下一個，踰越了秩序的時間。

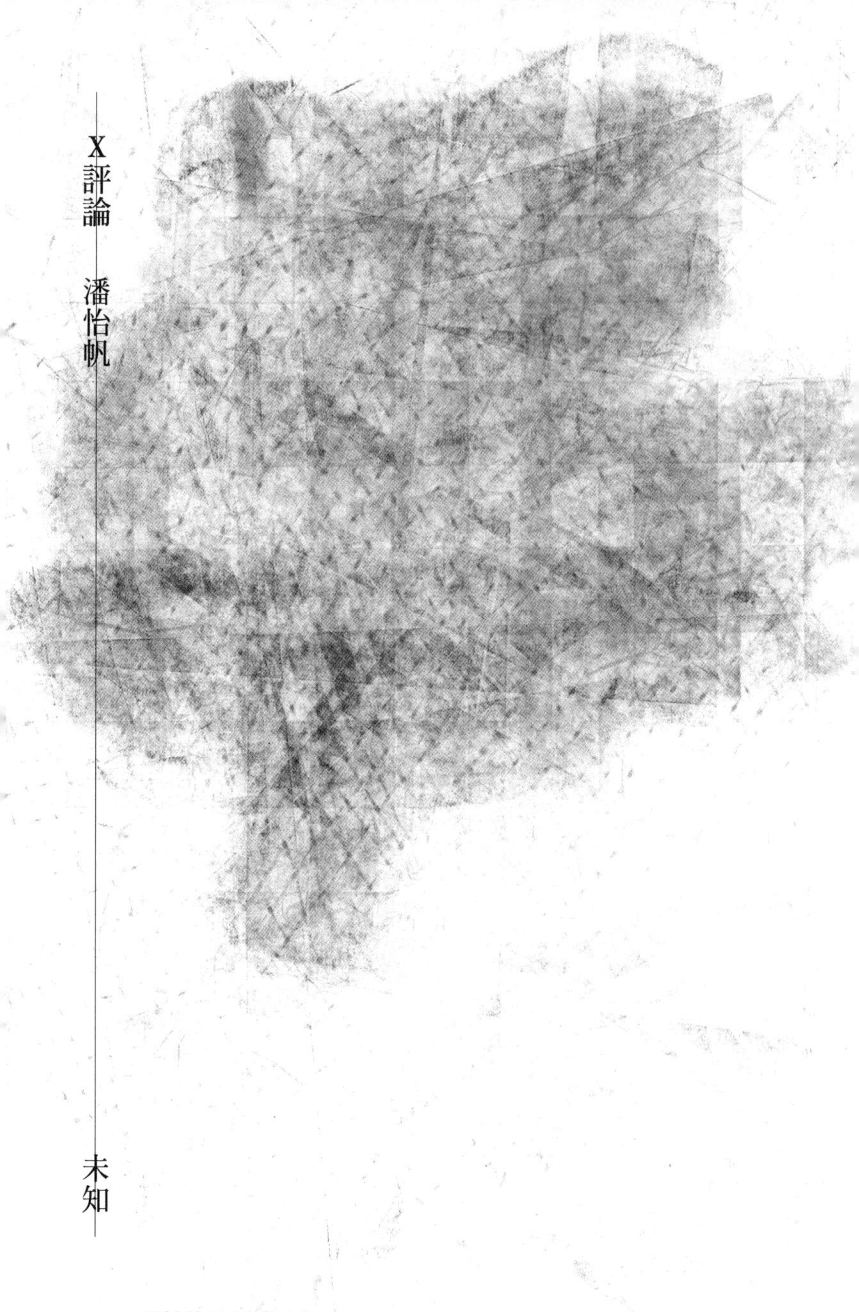

~~L'abécédaire de la littérature~~
~~X comme X~~

楊凱麟在字母X中引入其他字母，D、H、P、T、F……，當X等於所有字母時，便意謂任何一個字母都不足以完整地說明X。X並非字母總和，因為差異無法疊加，只能以不可共量的特異性各自保持距離。楊凱麟以「一個大叉」指稱X，在一切事物上打叉，對所思所是的否定，這使X有別於「沒有」。必須先有對象才能打叉或否定，「思想＋叉」是內容的增加而非減少，添加了一個叉，意謂溢出事物原本所是的單一狀態，換言之，X是暴漲而非歸零，並非延續而是背叛。因而是叉，是否定，是從原來的處境中離開，脫離一切定義或可定義，使X既非「知道」，亦無法被十足肯認為「不知道」。因為任何肯認都屬於知道的範疇，但X不知道。

X不知道，就像《追憶似水年華》中，馬塞爾雖然召回了曾與姨母一起吃小瑪德蓮的回憶，以為解開了從點心滋味裡品嘗到至福的理由。事後卻發現，當時的自己其實尚未明白至福的真相。吃點心使時光倒轉回馬塞爾與姨母的回憶，點心滋味的日後回想使馬塞爾察覺過去自己領悟到的至福理由，其實是誤解。於是在重述這段回憶時，馬塞爾一目重瞳地摺疊了兩個不同的時間點，敘事誕生時亦同步被畫叉，成為在場卻不可知的X：他既說明了點心與回憶的關係，又指出日後他將會發現這個認識其實是一場誤會。然而，馬塞爾並沒有繼續解釋何以當時的認識會轉變成日後的誤會，相反，他話鋒一轉，反身接上已被指認為誤會的敘事，繼續攤展小說。馬塞爾通過微微揭開隨即又蓋上真相的瓶蓋，展現了欲語還休的層次。通過「未來會知道，但現在還不知道」的預告，讀者的閱讀被惘惘的威脅所籠罩，眼看著敘事好不容易靠著逐漸清朗的回憶正危危顫顫地矗立，卻還有更大的破壞要來。倘若不往下讀，真相不會大白。然而，讀者也無法遺忘自己正走在誤解的偏途中，敘事愈是言之鑿鑿，套了一層「當時不知道」所預示的未知框架便愈是芒刺在背。單層的敘事蛻變為雙層的機關，平鋪直敘的描述成為「當時不知道」的反摺，與未知的見證。

現在所知將於日後蛻變為指認自身無知的佐證。現在知道的愈多，愈是彰顯將來無知的反差，普魯斯特層疊重瓣的敘事使所知於時間中一再褪殼成事物的面紗而非其所是，是表面而非真相。時間的層層揭裱具體化了未知，換言之，未知不是什麼都不知道，而是所知不斷自我抵消。它是被打臉的自以為是，是已知的當機，一切認識都驗證著「不知道」有多徹底。這是胡淑雯小說中的「只是當時我們並不知道」，與孔雀的初次見面將同時是最後訣別。亦是陳雪那個自認無能愛的豪放女發現自己原來「豪放女發現自己原來也會為愛傷心」，以及她放逐自我後卻發覺「沒有完全崩壞」。當駱以軍小說中的「我」與哥們聊起波士頓電力公司替美國軍方開發機械狗時，未預料會想起曾養過的狗妞妞而潸然淚下，就像馬塞爾一彎腰便悲痛莫名地憶起幫他繫鞋帶的外婆已在一年前過世。童偉格小說裡的堂叔啟動罷工，亦沒想過自己已進入被解聘的程序。黃崇凱正準備遠赴畢加島的Ze「還分不清楚，遠行和死亡雖然相似，到底不是同一件事。」顏忠賢那個不斷引入他人經驗的X，始料未及自己與創作都終將面目全非。未知因此不是不可說，相反，它正以交疊摺入的背反層次，指向楊凱麟所言：「重新對一切事物分類。」

顏忠賢的小說講述作家X的寫作。然而，那與其說是創作，毋寧更接近四處借鏡經驗。為了清楚說明X的著作，敘事中大量引薦各類相近或反襯之作：莒哈絲的《情人》、吉本芭娜娜的《廚房》、村上春樹的《聽風的歌》、莫言的〈神嫖〉、歌德的《浮士德》、費茲傑羅的《大亨小傳》、夏目漱石的《我是貓》，甚至韓國電影、神隱少女、大衛林區的影像、伍迪艾倫……。不斷點名其他作品，非但沒有使小說脈絡變得明晰，相反，集錦似的蒐羅反而撕裂X的寫作，每個碎片都能看見故事，然而卻怎麼也拼不出整體的形貌。X的小說狀似搖擺於極度類型化與反類型之間，像好萊塢電影又處處充斥著意識流片段，女主角「我」與密醫的雙層敘事疊加著古老傳說與神祕宗教的色澤，男主角現身之後，精神分析的風格也被一併置入。X的小說像一場華麗的綜藝秀，每耗竭一個主題便起身轉向另一種元素。乍看從第三人稱展開X小說的描摹與批判，隨著人稱「我」的出現而急遽轉彎：「可是我覺得這部分X是非常顯然的有破洞……」。讀者赫然發現，小說原來不是第三人稱的客觀評述，而是第一人稱的主觀視角，不是主角X寫了本小說，而是「我」對X小說的閱讀與分析。倘若如此，讀者讀到的內容究竟是X的小說，或敘事者「我」對X小說的理解？我們想起，納博科夫疊套框架，描寫詩人謝德死後編輯者金波特出版其名為《幽冥的火》的遺作。除了點評注釋，金波特屢屢暗示著真正作者其實是他自己，詩人謝德不過剽竊了他的思考而已。小說中的詩作確實因籠罩著金波特的注釋而呈顯意義（所以作者是死者謝德？編輯者金波特？或納博科夫？）。同樣的，隨著顏忠賢引入「我」的角度，小說益發呈顯個性化的表達，像是小說不能寫那麼快、寫成卡夫卡那樣也很好、下手有光、會飛但就是比較沒有耐性等，「我」愈講愈多地最終貌似作者切入小說：「這部分其實我是拿來相對太大的敘事的框架的那種麻煩或是以女主角為前提的被侵犯的那個曖昧度怎麼去拿捏光影的效果」。評論與作品的界線相互混淆，X與敘事者「我」相互穿越成同一作者，因而敘事者「我」才能如此瞭解X的作品，或者正因為作者「未知」，敘事者「我」取得了發（代）言權。反過來想，人稱「我」難道不是另一個X？除了標誌說話的位置，「我」與X同樣沒有任何驗明自身的證據。小說開場便已告知讀者，X的小說是以敘事者女主角「我」的角度展開虛構。於是，我，即虛構，即X，同名「我」使小說內外形成連通管而互通生息。藉由克萊因瓶結構的小說製作，顏忠賢使繁花盛開的小說退回誰是誰又創作了誰的疊套未知中。

顏忠賢蛻了一層殼，浮顯納博科夫《幽冥的火》，黃崇凱以楊澤〈在畢加島〉為骨幹，從詩句的虛空長出故事血肉。小說成為詩作裡的未知，從斷句間浮現小說描述的迴聲。小說中跟在老詩人身邊整理其斷簡殘篇的Ze，零落的字花，逐年收撿積累成量體，架接成故事的橋梁。黃崇凱將楊澤的意象捏塑成景象，講述青年Ze離開臺灣，到畢加島生活的點滴。然而，畢加島上不見在地風光，只有異人異景：企圖通過異地外語重拾寫作的老詩人，視畢加島為復興祖國基地的安塞斯卡人，韓式烤肉店、中餐館裡的宮保雞丁餐、華文抄寫的詩作等。這些非本土的人事物使畢加島無法聚焦出驗明正身的特色，它積累流亡的差異與各種游牧文化，成為諸眾永恆的異鄉與「非—境」(non-lieu)。畢加島因而不僅是外國人的異邦，亦通過不同文化的雜揉並蓄，刪除了自身的面孔，成為無法被任何人辨識的純粹異域。小說裡的角色紛紛越出自我定位的格子，蛻變為出乎預料的異己，這使他們的精心決策最終都像是為了驗證未知。Ze決心攻讀博士時，沒預謀成為辦事處的約聘員工。被滅國的安塞卡斯人眼珠溼溼地解讀情勢時，從未料想會成為雜工、看護、服務員、廚房打手或清潔工等，塞滿畢加島的各個角落，也不知道放棄復國的下一步，竟是潛回新共和國，發動炸彈攻擊與壯烈犧牲。老詩人「像一名殷切的焊接工人」鋪排詩作字句時，對自己將停止創作毫不知情，更沒想過會以肉身活進自己的作品裡。Ze自認只不過是換個地方生活，卻被當作國際流亡者的同夥，他們用「我懂」的神情罔顧Ze的矢口否認，使Ze成為自己所未知的匿名X。被編派為他所不是之人的Ze，日後見到新興流亡者的躁動與激情，他也像所有的過來人般嘆氣，用「還在跟現實拉鋸，還在醒著作夢」解讀如是的早期徵候。似曾相識的場景重演使Ze演化成對立於舊日自己的他者。未知使自我變得陌生，使沙盤推演在計畫落實中失效，它打偏航線，推翻所有的決定，一切已知與人事於是重新等於X。嚴肅如發動革命，或耽溺於情感的抉擇不再有所不同，都只有風的重量，一吹就失散，聚合成另一種否認現實的懦弱或不惜焚燒殆盡的堅毅。流變陌異成為畢加島的同名，這意味著任何佇足不變的不可能，因此復國者安會離開，Ze終會返鄉。然而即使回到臺灣，與親友、同窗切斷聯繫的Ze形同異鄉人而從未在真正意義上離開畢加島，像卡夫卡的〈游泳冠軍〉或卡繆的〈異鄉人〉，返鄉是喚醒陌異的另類開端。Ze繞了一圈回到原點才發現，畢加島毋須前往或離開，只要縱身於未知，便已然抵達。就像小說中把自己活成「紙頁上的瑪麗安」的臺北女孩，用兩本詩集預知己生，將自己修枝剪形，塞進瑪麗安的句子，最終在「大量引用他人之間，刪掉了自身」。預知使自己潛入永恆的未知，成為瑪麗安便是成為那未知之人，畢加島上所有的異鄉人。於是Ze終將重逢瑪麗安，重整為X；在楊澤之後，黃崇凱重演〈在畢加島〉的另一重陌異。

黃崇凱通過Ze啟程與返鄉，構成未知的永恆回歸，童偉格則通過疊層套色，使小說就地蛻變未知。在最後上色前，不同的色調變化在原色上疊合，誰也無法由眼前所見的顏色定調；童偉格在人事物上形構重層疊色的觀看，使世界徘徊於既是也不是的意義X。第二人稱書寫，卻不同於字母A裡將一二人稱做同一人的交替使用：「我差不多，是以一個最簡潔的比喻打造你」，亦非B中使用「您」的書信體，或者F、Q裡主角「我」向「你」傾訴，還有散落在其餘字母中，把「你」視作讀者或另一人，鋪展對話……字母X只有主角「你」。一開場，「你」交了大專聯考最後一份試卷，替未知的（大學）前程定案，稍後，「你」將會得知，當時自己真正的未知是「你」堂叔同一時間墜亡於建築工地。特定的事件安排使「你」與其說是讀者，毋寧更接近將「我」的反省隱匿其中所重構的「你」，像字母A的形式，差別是，第一人稱在X中消聲匿跡。字母A提到：「被時光給無法復原地重構的你，將要明白告知我，所有那些你過早習用的比喻，比起衰耗的漫長實況，都其實並不精確，且太過單純了。」經由反省或重述所造就的是始終有別於自我的另一人，是「你」而非「我」。即使那是「我」的經驗或歷史，但由於時光、比喻或生命的種種衰耗，甚至想像的增添易形，使「我」無法如其所是地被道出。「我」與「你」成為同一人的永恆分裂，未來將永恆趨近於「我」，但只會一再生下「你」，使「我」經由描述「你」撞見未知的自己。「我」構成的是同一性的未來，「你」則是差異於「我」的未知。因而小說提到，唯一會留下的只有被反省、套色、記憶與打造的「你」，而「我將永遠靜默」成為描述「你」中那永遠不被道出，卻如影隨形的在場空缺。當字母X只有「你」，沒有「我」，這便趨近未知而無未來，是認識的不完整，以及與「我」分離的陌異化距離。字母X是隱藏在永恆迫近的第二人稱書寫中的無限距離，是童偉格用繞山的客運路線，連接貼海與眺海間，看似接近卻已繞盡山區的迂迴彎道，亦即未知的距離。未知是主角「你」心裡明白，在家鄉跑步是個奇怪之舉，因為對鄉人而言，非關農作生產的跑步是難解的體力耗損，尤其莊稼和田壟皆不耐踩，不適合跑。「你」仍奔跑，重複「你」堂叔亦曾執拗執行著家鄉無人理解的客運罷工，成為同鄉看似熟稔卻無從互通的異人。而「你」見家鄉老人日日用痠痛藥酒打摩肌群，卻還是無法一一指名肩頸斜方肌、手臂肱二頭肌、腿脛比目魚肌。他們將一生勞苦「勻遍、織入全身肌理內，而後，他們重新校準了一種生而為人的平衡感」，蛻變自身成為「你」無法看穿的未知生命。由是，未知不僅是不知道，而且是時空與視角變化層層積累的陌異，是「你」一目重瞳於大考落卷／墜亡之重／輕，是使「你」不明就裡但想起堂叔的電話與車的近切相置。誠如楊凱麟所言，X是「任何事物皆不是皆不準且皆挫敗」，不是、不準，與挫敗奠基在任何事物之上，必須先有物，才能在認識上打叉而還原X。這些認識的變異構成了童偉格的結論：「除了未及理解的，你將一無新知」。唯有察覺未知才可能迎來新知，而察覺未知，並不在於尋找那尚未命名的星球，而是就地可及：與貼近的世界拉開距離。

童偉格將事物疊套成未知，駱以軍則以三種知情的變化螺旋地轉進未知。小說先後以機器或AI動物、嫖妓時光和家狗妞妞，描摹了三種未知的光景。機器狗KUKA開啟對未知的第一重想像，無論是替代勞力或宇宙拓荒無一不能實現。敘事者「我」與哥們討論著未來的ＡＩ將造就巨大的失業人口，或形成更高智力物種，超越人類就像是現在的機械手臂好整以暇地對戰滿頭大汗的人類頂級桌球選手，或想像人類全滅後ＫＵＫＡ持續在洞穴裡將粗礫的礦石雕成栩栩如生的地底洞都市……各式各樣的科學新知從虛空中將未知填得緊實，未知不再未知，而是讓敘事者深受打擊且完全被眼前的認識所說服。這番未來世界的勾勒正用已知的想法（ＡＩ可以做什麼）決定我們會知道什麼的未來（ＡＩ成為什麼），以知識主導未來的構成。在可想像的未來中不存在未知，因為毫無意外，相反，當哥們一窩蜂為機械生物編織一幅幅史詩級壯闊的未來圖像時，其中一人兀自說：「我只要奴役我的酷卡幫我打手槍！像傳說中的『日本龍卷手』。」原本於腦海裡充斥著非人的，壓倒性勝利的尖端科技，像鐵達尼號無預警遇襲冰山，瞬間重挫，愕然地被人類的原始慾望擊沉。就像存在於ＡＩ中的未知並非它將能代役多少，或製作多離奇且匪夷所思的物件，這些不外乎計算、規劃與技藝改良；然而真正的未知是ＡＩ終將脫離人的控制，在人工智慧的「人工」上打叉，蛻變為（自主）智慧，成為行為不可測或無法操控的我們，亦即成為人。於是，在人類畏懼的盡頭佇立著自己，是「人工智慧不再人工」的意外，是使思考癱瘓與束手無策的未知，因此問題並非新興，而在不可預期。認知翻船，再三遇襲未知的挫敗構成駱以軍小說中指認未知的關鍵手勢。開場的AI話題被其中一位哥們的性慾一舉擊沉，不在計畫內的天外一筆讓敘事者想起自己的作品曾鐵證如山地被安上他甚至不知道是什麼的概念。由是，作品成為外於作者的未知之物，並且被他用「嫖妓時光」再度差異解讀。那些彷彿知悉世事，魚貫進入付費小房間的女孩們，在無扭捏且袒露一切的皮囊下藏著一顆未知的性靈：「她們有一種性上面賣弄風騷的祕密越界。但她們其實都不是所謂的『浪女』，或『壞女孩』、『愛玩的』，都是從大陸各省各農村，漂流到北京上海這些大城市謀生存的，甚至是老實孩子。」似是而非的反差再度使身分確鑿的女孩們還原回初始的謎樣物種。物種思考使AI、KUKA連結上敘事者的可卡犬妞妞，介於機械與自然間似是而非的二狗之別，使敘事者再跳離充滿人性溫情的敘事，展開遺棄的故事。妞妞先後被敘事者小姨子與敘事者一家遺棄在鄉下小屋，最終因內臟被脂肪包裹衰竭而被接回敘事者家裡，預期的死亡使牠獲得被關懷與愧咎的恩惠。「我……一心想幫牠減肥，帶到公寓頂樓，我站這邊叫……牠兩眼渙散著一種老狗對主人沒轍的疲倦，還是歪歪扭扭地走來。那時我好像在對著自己負欠的什麼賭氣，在那頂樓，不斷地跑這端再換那端，讓牠緩緩地，朝著我走著。」耐人尋味的結尾使人察覺，在敘事重層迭出的未知之外，還有一個更大的未知團團圍繞小說，那是從被遺棄被損傷者、老狗、被誤解的作者、女孩們身上汩汩流出無怨懟的情感，那是不明就裡卻真切存在，莫名卻屢屢撫平壞毀遠離荒蕪，無以名狀與無盡包容的溫柔。

駱以軍描摹從衰敗中湧現未知的溫情，那是康德意義下，無目的導向的純粹善意，也是薩德筆下在逆境中因良善而一再致使不幸的茇絲丁娜。在陳雪的小說中，三個核心人物呈顯了認識的三重型態：浪子大原的既知，206男孩對未知的無察，與豪放女尤燕的未知。乍看氣味相投的大原與尤燕從玩玩、酒後亂性到弄假成真，相識時間一經拉長，便呈顯出兩種不同的認識路徑。有別於尤燕千迴百轉的心情變化，浪子大原從未離開既定認識的舒適圈。他把尤燕歸為同類玩在一起，交往過程裡，他像饕餮般對過往情人如數家珍，滔滔不絕地回溯歷任女友的各式風情，標注不同的賓館，繪製愛情地圖。一旦發現尤燕不符預期，他便用「妳跟其他女人都是一樣，令人窒息」將她掃進刻板的歸類，棄如敝屣。大原從未真正看見尤燕，而是一再把她歸納到過往既知。他說尤燕「特別」卻不出乎意料，因此並非種類殊異而只是程度之別，不見異質而只是同質加量，因而他說：「妳不是愛無能，是感情發展遲緩。」否認不再指往未知，而是落入另一種認識。大原在自身既知的世界裡原地打轉，狀似閱人無數，卻只是封閉於個人堅果殼內的宇宙，年輕的２０６男孩則是對自身未知的無察，換言之，對未知一無所知。對未知無感，純粹卻也因此取消理解未知為何物的可能性，就像２０６絲毫不戒慎恐懼，他既不會因為尤燕拒絕與他上床而感到受傷，亦不會因為展示自己的愛慕或性慾而倍感羞愧（不像尤燕），他是尚未偷吃禁果的伊甸園子民，籠罩在神的全面恩寵中，沒有天敵，毋須害怕。於是尤燕想保護他，因為「他還能如此天真多久呢？接下來的日子不就要走下坡了嗎？」面對眼前不識愁滋味，年輕而歡快的206，她一目重瞳地預見其未來的光景：「206男孩只有他自己……大多是三十左右，臉色已經暗沉、不再年輕燦爛的『老男孩』，色衰愛弛」，誠如楊凱麟所預告的，從在場者的身上同時看見缺席、不在與空缺，並由此重層疊瓣出不可見的唯一「在場」。在尤燕眼中，未來的多重可能同步壓縮於此刻（尚未如是這般）的206身上。他自身毫無察覺，卻已做為未知的男孩X倒映入尤燕眼瞳。大原或206在小說中，或者經驗老道，或者天真無知，尤燕則像變形蟲般，一路從大方自稱小四，感覺居於劣勢，發現未被告知的祕密而辛酸，最後「儘管她從也沒想過跟誰結婚，但如果是大原，她就可以」。婚後的尤燕遭遇大原劈腿，萬念俱灰卻因泰國買春酒吧裡的206而察覺自己沒有完全崩壞。不同於其他兩人對自身的掌握，尤燕不斷感覺自己從自我認識中被排除出去，一再重墜對自身的未知中，感到困惑、羞愧、陌生、否定與害怕而束手無策。對自己感到陌生也迫使她更加想要理解自己，因而她回溯過往，比較其他兩人的異同，換言之，察覺未知迫使她變動，刺激她嘗試各種方法認識。由是我們得知，迫使認識行動發生的並非已知（大原），亦非徹底無知（２０６），而是不斷打臉自我認識，直到幾近崩壞的未知。在不斷以自我處決來前進的瀕死認識中並非毫無希望，情況恰好相反，碰觸未知才得以認識，就像尤燕被２０６所救贖，彌賽亞在世界末日後親蒞且宣告：「沒有。不會。不會的。」由是，否定並非終結，而是再度扭轉宿命，找出生命的另一條出路，推遲定案，重返於未知。

陳雪的知識考古學歸納了三種類型，胡淑雯則通過「於今回想、當時並不知道」，從原有的時間裡多截出一個迂迴的彎道。有所保留的態度形成小說中頻頻迴旋的遐想空間，敘事不再等同於認識的全體，相反，二者間綻出一道虛空的裂縫。虛空，因為敘事並未增加，「將與日後不同調」的說法因指出了差別，表面上甚至更應當偏向減損。否決的句法弔詭地模糊了被說出口的，原有語義的邊界，進而既解放，亦違常地擴充了想像。空出來的間距使小說不再被文字填滿填死，多了伸展、折返與變化思想的空間，換言之，必須渡讓空間才有餘音繞梁的效果，「不言」不是沒有，而是轉成未知之言，豐盛敘事的厚度。「在不言中」使小說一方面如其所是，另一方面否決所是因而多過所是，這種減少其實增加。因削消反而擴延的空間感正是胡淑雯小說裡預留的未知，因而她說：「各色各樣的小知覺，強弱不一形狀各異的、力量的微粒，擠爆那寸縷之地，化成語言也不過是『會痛』而已。」僅僅兩字，會痛，摺入其中的卻是各種矛盾共在，增強減弱多寡分歧的繁複意義。語言給出的並非意義的占滿而是尚待查知的無盡空間，因為「每次去到的『那裡』都不太一樣。在不同的時間，與不同的人，所抵達的地方都不盡相同。就算只跟同一個人，甚至，彷彿千篇一律地只跟自己，每一個『那裡』也都不一樣。唯一可以勉強說的只有，一旦妳抵達了那裡，就會知道，那不是言說可以抵達的地方」。「那裡」不只講高潮，亦可說是意義被心領神會之處。與不同人交流都因不同理解而有差異的抵達，即使對自我而言，相同的字詞亦不見得只有一種用法與定義。一旦意義揭露，往往使人察覺「那不是言說可以抵達的地方」。因為光憑言說遠不足以徹底揭義，於是不說高潮而是那裡。高潮像是形狀不變，固定不移，人皆如此的目標G點；而「那裡」則因為說不清反而預留出更多未知與可延續開發的感覺空間。換言之，欠缺曖昧，高潮並不高潮，相反，不清不楚的「那裡」滋生了言說抵達不了的神祕感，將高潮推向比之更遠之處，誠如小說提到：「插入可能太急躁了，反而沒收了身體」。

小說不斷騰出空間，以便未知蓬勃發展：需要性服務的孔雀由朋友海芋代為提出申請，兩個名字都是為了保留隱私空間的代號，申請服務是為了覆寫另一層創傷經驗，而非單純滿足性慾。浮出檯面的底層總是另有真相，負責聯繫的敘事者通過海芋接觸孔雀，用別人的案例來逼近孔雀的需求，像她藉由泡沫親暱的阻隔才能碰觸被服務者的陰道，孔雀借用故事享受色情，海芋通過申請性服務嘗試挽回孔雀對生命的熱情……彷彿隔穴搔癢，所做與所是帶著距離相互對望，層層堆高這些空隙間未被講明，尚可容納更多遐想的餘韻。由言說一再推遲的抵達最終揭露了故事的結局，孔雀在被服務之前已「在醫院、藥物，與系統的催化下，不由自主地滑入某種取消了時間的生態，成為一個沒有時間的生物」。無法完成的任務使小說永恆懸停於事前準備，未知的將臨狀態。然而，看似失敗的性服務或許早在敘事者與孔雀最初也是最後一次見面時，業已完成。誠如敘事者更早的反省，有些身體渴望的並非插入而是認識快感。敘事者與孔雀唯一一次見面是確認服務目標的行前會，當時曾一度清醒的孔雀要求擁抱與親吻，「那是踰越了時間秩序的一分鐘，我們在這一分鐘裡肌膚相親，羞怯而無畏地感受這一分鐘」，在那裡，身體的行動無意間踰越了準備的時程，在未知的情況下，越過且完成了還在準備中的計畫，達成孔雀的心願。「於今回想起來……當時我們並不知道」，任務已經完滿無關於日後所見的失敗。由是，未知再度轉入另一個層次，感受這一分鐘將總能重新創造出「下一個，踰越了秩序的時間」。

未知的難度不在於什麼都不知不說，而在於推翻。六位小說家紛紛從既有的事物秩序中出走，展開對作品、遷移、就地、存在、分類與時間的思考重置，撼動看似屹立不搖的認識，使觀點陌異，蛻變為未知。然而必須再度脫離未知，才能重返真正意義上的X，於是六位小說家將重啟書寫游牧，前往顏忠賢的字母C，黃崇凱的P，童偉格的J，駱以軍的B，陳雪的R與胡淑雯的D……前往還有更多「當時並不知道」卻總已翻出的另一個字母X。

作者簡介

◉策　畫

楊凱麟

一九六八年生，嘉義人。巴黎第八大學哲學場域與轉型研究所博士，臺北藝術大學藝術跨域研究所教授。研究當代法國哲學、美學與文學。著有《虛構集：哲學工作筆記》、《書寫與影像：法國思想，在地實踐》、《分裂分析福柯》、《分裂分析德勒茲》、《發光的房間》與《祖父的六抽小櫃》等。

◉小說作者（依姓名筆畫）

胡淑雯

一九七〇年生，臺北人。著有長篇小說《太陽的血是黑的》；短篇小說《哀豔是童年》；歷史書寫《無法送達的遺書：記那些在恐怖年代失落的人》（主編、合著）。主編《讓過去成為此刻：臺灣白色恐怖小說選》（合編）。

陳　雪

一九七〇年生，臺中人。著有長篇小說《無父之城》、《摩天大樓》、《迷宮中的戀人》、《附魔者》、《無人知曉的我》、《陳春天》、《橋上的孩子》、《愛情酒店》、《惡魔的女兒》；短篇小說《她睡著時他最愛她》、《蝴蝶》、《鬼手》、《夢遊1994》、《惡女書》；散文《像我這樣的一個拉子》、《我們都是千瘡百孔的戀人》、《戀愛課：戀人的五十道習題》、《臺妹時光》、《人妻日記》（合著）、《天使熱愛的生活》、《只愛陌生人：峇里島》。

童偉格

一九七七年生，萬里人。著有長篇小說《西北雨》、《無傷時代》；短篇小說《王考》；散文《童話故事》；舞臺劇本《小事》。主編《讓過去成為此刻：臺灣白色恐怖小說選》（合編）。

黃崇凱

一九八一年生，雲林人。著有長篇小說《文藝春秋》、《黃色小說》、《壞掉的人》、《比冥王星更遠的地方》；短篇小說《靴子腿》。

駱以軍

一九六七年生，臺北人，祖籍安徽無為。著有長篇小說《明朝》、《匡超人》、《女兒》、《西夏旅館》、《我未來次子關於我的回憶》、《遠方》、《遣悲懷》、《月球姓氏》、《第三個舞者》；短篇小說《降生十二星座》、《我們》、《妻夢狗》、《我們自夜闇的酒館離開》、《紅字團》；詩集《棄的故事》；散文《胡人說書》、《肥瘦對寫》（合著）、《願我們的歡樂長留：小兒子2》、《小兒子》、《臉之書》、《經濟大蕭條時期的夢遊街》、《我愛羅》；童話《和小星說童話》等。

顏忠賢

一九六五年生，彰化人。著有長篇小說《三寶西洋鑑》、《寶島大旅社》、《殘念》、《老天使俱樂部》；詩集《世界盡頭》；散文《壞設計達人》、《穿著Vivienne Westwood馬甲的灰姑娘》、《明信片旅行主義》、《時髦讀書機器》、《巴黎與臺北的密談》、《軟城市》、《無深度旅遊指南》、《電影妄想症》；論文集《影像地誌學》、《不在場——顏忠賢空間學論文集》；藝術作品集：《軟建築》、《偷偷混亂：一個不前衛藝術家在紐約的一年》、《鬼畫符》、《雲，及其不明飛行物》、《刺身》、《阿賢》、《J-SHOT：我的耶路撒冷陰影》、《J-WALK：我的耶路撒冷症候群》、《遊——一種建築的說書術，或是五回城市的奧德塞》等。

◉評論

潘怡帆

一九七八年生，高雄人。巴黎第十大學哲學博士。專業領域為法國當代哲學及文學理論。著有《論書寫：莫里斯・布朗肖思想中那不可言明的問題》、〈重複或差異的「寫作」：論郭松棻的〈寫作〉與〈論寫作〉〉等；譯有《論幸福》、《從卡夫卡到卡夫卡》，二〇一七年以《論幸福》獲得臺灣法語譯者協會第一屆人文社會科學類翻譯獎。

字母會X未知

作者——楊凱麟、胡淑雯、陳雪、童偉格、黃崇凱、駱以軍、顏忠賢、潘怡帆
總編輯——莊瑞琳
責任編輯——吳芳碩
校對——王梵
裝幀設計——霧室
排版——張瑜卿
行銷企畫——甘彩蓉
出版——春山出版有限公司
地址——臺北市文山區羅斯福路六段二九七號十樓
電話——〇二－二九三一－八一七一
傳真——〇二－八六六三－八二三三
經銷——時報出版企業股份有限公司
地址——桃園市龜山區萬壽路二段三五一號
電話——〇二－二三〇六－六八四二
製版——瑞豐電腦製版印刷股份有限公司
初版——二〇二〇年二月
定價——二二〇〇元（套書不分售）

國家圖書館出版品預行編目資料

字母會X未知／楊凱麟等作
－初版－臺北市：春山出版，2020.02
面；公分
ISBN 978-986-98497-2-2（平裝）
863.57 108019415

有著作權　翻印必究
（缺頁或破損的書，請寄回更換）

EMAIL SpringHillPublishing@gmail.com
FACEBOOK www.facebook.com/springhillpublishing/

填寫本書
線上回函

L'abécédaire de la littérature: Ultime